김약사의
편두통 일지

김약사의
편두통 일지

김재희 지음

만성 편두통 환자의
좌충우돌 치유 여정

누군가에게 이 글이 도움이 되기를

최근 들어 두통이 잦아진 사람, 약을 먹어야만 통증이 사라지는 사람 등 두통으로 힘들어하는 이들에게 조금이라도 도움이 되기를 바라며 이 글을 쓰기 시작했다. '두통에 익숙해져 대수롭지 않게 여기다 나처럼 악화되지 않아야 할 텐데' 하는 걱정이 글을 쓰게 된 가장 큰 원동력이었다.

질환에 대한 지식이 언제나 치료에 도움이 되는 건 아니다. 나는 편두통에 대한 얕은 지식 때문에 먼 길을 돌아왔다. 하지만 얕은 지식이 누군가에게는 길잡이가 될 수 있기에 익숙하면서도 낯선 편두통이라는 질병에 대해 단편적이나마 알리고 싶었다.

　개인적인 경험을 토대로 편두통 진단과 치료 과정을 시간순으로 풀어냈다. 처음 이 글을 쓰기 시작할 때 염두에 둔 첫 독자는 과거의 '나'였다. '앞으로 이런 미래가 기다리고 있는데도 계속 그렇게 살래?' 하는 마음이랄까. 먼저 아파본 사람으로서 경험을 나누고자 시작한 글이었다. 그러나 글을 쓰면서 통증이 사람에게 끼치는 영향, 곧 고립과 외로움 같은 감정적인 부분이야말로 진정 이해받고 싶었던 부분이라는 것을 알았다. 병이 삶을 침범해 타의로 멈출 수밖에 없을 때의 억울함, 분노, 외로움, 두려움 그리고 자책감은 두통 환자만이 아니라 모든 환자가 느끼는 감정일 것이다. 그렇게 이 글의 대상이 두통을 앓는 사람에서 일반적인 통증 환자로, 통증 환자에서 보통의 환자로 확장되었다.

　"무언가는 꼭 들러붙어 남는 게 있다"라는 문장을 읽은 적이 있다. 자신이 겪은 두통이 전부가 아니라는 것, 증상이 질병일 수 있다는 것, 너무 힘들면 누가 뭐래도 병원에 가야 한다는 것 같은 이야기들이 누군가의 건강을 지키는 데 도움이 되기를 바란다. 내 경험과 지식이 인상적인 기억으로 남기를 소망한다.

우리는 고통의 정도를 수치화할 수 있을까?

고혈압 진단 과정에서 가장 먼저 해야 할 일은 무엇일까? 바로 혈압이 잘 조절되는지 확인하는 일이다. 환자는 주기적으로 혈압을 재는데, 혈압계에는 정확한 숫자가 떠오른다. 어느 정도 오차는 있겠지만 혈압은 쉽게 확인할 수 있다. 내가 정상에 속하는지, 저혈압인지, 고혈압인지.

만약 혈압이 지나치게 높다면 곧바로 후속 처치가 시행될 것이다. 고혈압이라는 진단과 함께 혈압을 낮추는 약을 받을 것이고, 약을 먹고도 조절이 안 된다면 약을 추가하거나 다른 약으로 변경할 것이다. 일반적인 치료는 이런 식으로 이뤄진다. 일단 환자가 병원을 방문하면 진단을 받는 게 그리 어려운 일이 아니다.

그러나 두통은 그렇지 않다. (물론 다른 통증 질환도 그렇겠지만) 두통의 경우에는 특히 통증을 수치화할 객관적인 검사가 없다 보니 환자의 말을 따를 수밖에 없다. 고통의 정도를 표현하는 게 온전히 한 개인에게 달려 있는 것이다. 설사 모두에게 똑같은 정도의 통증이 있다 하더라도 표현하는 사람에 따라, 듣는 사람의 해석에 따라 다르게 받아들여질 여지가 있다. 환자가 정말 아픈지, 아프면 얼마나 아픈지, 어디가 어떻게 아픈지는 스스로 표현하지 않는 이상 그 누구도 알 길이 없다. 그 표현이 혹 일관되지 않고 개인마다 기준이 다를지라도 환자의 말이 그 어느 때보다 중요한 이유다(이 말은 의사의 처방도, 그에 따라 복용하게 되는 약도 상당 부분 환자의 말에 달려 있다는 뜻이 된다. 증상의 치료를 환자의 말에 의존한다는 사실은 사뭇 위험하게 들리기도 한다).

두통 환자는 정말 심각하게 아픈 건지, 혹 꾀병을 부리는 건 아닌지 종종 의심을 받기도 한다. 그러나 부디 환자에게 물어보지 않기를 바란다. 환자 본인도 아픔의 정도를 객관화할 수 없다 보니 혼란스럽기는 마찬가지이기 때문이다. 아프긴 아픈데 이전과 비교해서 얼마나 더 아픈지 알 길이 없고, 마땅한 기준이 없기에 현재 얼마나 아픈지도 모른다. 지나간 통증은 아팠다는 사실로만 남을 뿐 고통은 곧 잊히기에 더욱 그렇다. 그런데 단지 아픔을 드러낼 지표가 없다는 이유로 꾀병이라는 말을 듣는다면 참으로 비통하고 안타까운 일이 아닐 수 없다.

두통이라는 질환
||||||||||||||||||||||||||

두통은 감기만 걸려도 겪을 수 있는 흔한 증상이다. 살면서

감기에 걸려보지 않은 사람이 없듯 단언컨대 두통을 한 번도 겪어보지 않은 사람도 없을 것이다. 그래서 사람들은 더더욱 두통이라는 '증상'을 '질환'으로 인식하지 못한다. 이미 아는 증상이기 때문에 쉬이 무시하기도 하고, 환자가 이상을 느끼더라도 그 심각성에 대해 주변의 동의를 얻기 어렵다.

두통 환자가 겪는 문제 중 가장 안타까운 점이 바로 이 부분이다. 질병으로의 정체성을 갖게 되는, 곧 질병으로 인식되고 인정받는 '진단'이 늦어지는 게 단순히 쓸 만한 진단지표가 없어서가 아니라, 대부분 사람이 맞닥뜨릴 수밖에 없는 환경(가볍게 지나가고 말 거라는 생각) 때문이라는 것. 그래서 환자가 이상을 눈치챘을 때는 두통이 많이 진전돼 퍽 견디기 힘든 상태일 테고, 이렇게 될 때까지 미련하게 홀로 견뎌냈다는 후회와 미리 알아채지 못했다는 자책까지 한 세트로 밀려오는 것이다.

두통 환자에게
||||||||||||||||||||||

누가 뭐래도 가장 힘든 사람은 당사자다. 그러니 자책도, 후회도 말자. 그러기에는 이미 너무 많은 시간을 (말 그대로) 아파하며 보내지 않았던가. 솔직히 두통이 죽을병은 아니다. 죽

을 만큼 아프기에 그다지 위안이 되지는 않는 말이지만, 하루 종일 두통과 씨름할 때 들은 이 말이 신선하기는 했다. 정말 아파도 죽지는 않는다는 거니까.

이 글에서 내가 경험하고 알게 된 모든 내용을 이야기하지는 못하겠지만, 만성 두통 환자에게 도움이 될 이야기들을 하나둘 꺼내볼 생각이다. 곧 이 글은 치료나 약에 대한 이야기이기도 하고, 내가 겪은 경험과 관련한 감정의 이야기이기도 하다. 지난 몇 년간 나는 두통 치료에 도움이 될 만한 일은 닥치지 않고 했다. 병원에 가고, 약을 먹고, 약을 바꾸고, 운동을 하고, 침을 맞고, 기사를 검색하고, 책을 읽었다. 이 모든 게 자랑거리가 되지는 않겠지만 내가 시도한 일들이 누군가에게는 분명 해결의 실마리가 될 것이다.

이렇게 말하고 싶다. 우리는 좋아질 수 있다. 생각보다 더, 생각보다 빨리. 이 글을 쓰고 있는 지금도 미약한 두통이 있지만 나는 분명 좋아졌다. 여기서 더 좋아질 수 있나 싶은 순간보다 더 나아졌다. 침대에만 누워 있던 내가 글을 쓸 수 있을 정도가 되었으니 이 얼마나 행복한 일인가! 나는 앞으로 더 좋아질 것이라 믿는다.

포기하지 말자. 고통에 익숙해지지 말자. 한 치 앞이 보이지 않을지라도 더 나아질 수 있다는 희망을 갖자. 내가 할 수 있는 일을 하자. 시간이 지나면 어느새 한결 나아진 나를 발견할 것이다.

2024년

김재희

차례

5장 편두통을 진단받다

6장 다시 대학병원으로

7장 작고 큰 삶의 변화들

8장 편두통 환자의 일상

9장 편두통을 숨기는 이유

10장 두통 일기 그리고 그 이후

1장

두통의 발견

두통의 시작
||||||||||||||||||||

수면 패턴의 변화 ———— 감기 때문에 혹은 몸이 좋지 않아서, 술을 먹어서 등 일시적으로 두통이 생기는 원인은 다양하다. 내가 처음 반복적인 두통을 겪은 건 20대 초반이었다. 짚이는 이유는 하나였다. 바로 수면 시간의 변화. 주말에는 항상 늦잠을 자는데, 일어나면 종일 두통에 시달렸다. 잠을 충분히 잤는데도 머리가 아프다는 게 이해가 되지 않았다. 보통 피로가 풀리면 컨디션이 더 좋아져야 하지 않나? 학생 때는 깨어 있는 시간보다 잠든 시간이 더 많을 정도로 주말에 잠을

몰아서 잤는데도 피로가 풀리면 풀렸지 머리가 아픈 적이 단 한 번도 없었다. 그래서 두통의 원인이 잠 때문일 수 있다는 생각을 하지 못했다. 이 단순한 인과를 알아채는 데 적지 않은 시간을 소요했다.

가벼운 인식 ———— 이 시기 기억에 남는 일이 있다. 인상적인 일도 아닌데 지금까지 기억하는 걸 보면 아마 아쉬워서가 아닐까 싶다. 이때 좀더 진지하게 두통에 대해 생각했더라면 더 빨리 병원을 찾지 않았을까. 그랬다면 이토록 오래 힘들어하지 않아도 되었을 텐데 하는 아쉬움 말이다.

마침 소개팅 상대가 한의사였다. 이참에 나는 평소 궁금했던 걸 물었다. 늦잠만 자면 머리가 아픈데, 혹시 짐작 가는 이유가 있느냐고 말이다. 휴일을 망치는 두통이 늘 신경에 거슬렸기에 혹시나 답을 얻을 수 있지 않을까 살짝 기대했다. 그러나 그 역시 그때의 나처럼 두통이 질병이 되기도 한다는 인식이 없었던 것 같다. 그다지 관심 있는 주제도 아니었을 것이다. 나는 기대에 미치지 못하는 일반적인 답을 들었고, 대화는 다른 화제로 넘어갔다.

자리가 자리인 만큼 가볍게 꺼낸 이야기였는데, 상대 얼굴은 기억나지 않지만 그때의 아쉬움은 계속 남아 있는 걸 보면 본능적으로 그 문제가 나에게 중요한 일이라는 걸 알았던 것 같다. 안타깝게도 그때의 나는 이제 늦잠도 못 자는 몸이 되어버렸다고 웃어넘겼지만 말이다.

나는 약학을 공부하는 학생이었다. 학생이라서 '수면 패턴의 변화가 두통을 유발할 수 있다'는 사실을 몰랐다는 게 핑계가 될까. 그러나 그 이후라고 해서 내가 알았을 것 같지는 않다. 내 일이 아니라면 평생 나와 상관없는 문제로 여기며 살았을 것이다.

두통과 나 ———— 나는 내가 두통 환자일 수도 있다는 생각을 한 번도 해본 적이 없다. 일어날 수 없는 일이 아니라 일어날 거라 상상조차 못하는 비현실적인 일이었다. 내게 편두통은 책 속 활자로만 존재했다. 그러니 지금은 뻔히 보이는 수면 패턴의 변화와 두통 사이의 인과를 쉬이 연관 짓지 못한 것도 이해하지 못할 일은 아니다. 반복적으로 두통을 앓았지만 심각하게 생각하지 않았다. 소개팅에서 한의사를 만난 김에 물어나 볼까 하는, 딱 그 정도의 문제였다. 진짜 내게 중요한 일이었다면 나서서 병원을 찾지 않았겠는가. 병원을 찾은 것은 그로부터 몇 년이나 훌쩍 지나서였다.

늦은 대응 ──────── 당시 내 고민은 어느 정도 휴식을 취하면 괜찮아지곤 했던 두통이 약을 먹지 않으면 더이상 잦아들지 않는다는 데 있었다. 몇 시간 동안 산책을 하고, 배를 채우고, 낮잠을 자도 한번 머리가 아프기 시작하면 여간해서는 나아지지 않았다(다행히 약국에서 파는 진통제 한 알이면 괜찮아졌다. 두통을 여상히 넘기면서 상비약으로 진통제를 늘 넉넉히 챙겨 다녔다).

이 일이 벌써 10여 년 전이니 새삼스레 내가 생각보다 일찍 두통을 인식했고, 긴 시간 힘들어했구나 싶은 생각이 든다. 그런데도 나는 입원을 하지 않을 수 없을 만큼 아프고 나서야 병원을 찾았다. 오랜 기간 두통으로 힘들어했으면서 왜 더 일찍 병원을 찾지 않은 걸까. 이제 와 늦은 후회를 한다. 그랬다면 입원까지 하지는 않았을 텐데. 죽을 만큼 아프지도 않았을 것이다. 이 글을 쓰는 이유도 여기에 있다. 다른 사람은 나와 같은 후회를 하지 않기를 바라기 때문이다.

조금씩 내게 다가온 두통

인내심 ──────── 지나고 나니 하는 말이지만 나는 고통을 잘 참는 편이다. 참을 수 있을 때까지 참았던 걸 보면, 처음에는 두통이 한 달에 한두 번 정도로 뜸했고, 시간이 지나면 저절로 나았기 때문에 대수롭지 않게 여겼다. '신경 쓰면 머리가 아플 수도 있잖아? 두통 없는 사람이 어딨어? 좀 불편하긴 하지만' 하는 마음이었다.

하나밖에 없는 내 몸을 아끼면서도 통증에는 점점 둔감해졌다. 긴 시간 점진적으로 통증의 빈도와 강도가 올라가고 있다는 걸 인식하지 못했다(편두통은 점점 자주 아프고 강도가 세지는 경향이 있다). 감당할 수 없는 수준에 다다라서야 내가 오래전부터 고통을 감내하며 생활하고 있었다는 걸 알았다.

계속되는 통증 ———— 두통을 제대로 인지한 건 약을 먹지 않으면 하루 종일 두통이 지속되어서다. 진통제를 먹지 않으면 한 번 생긴 두통이 좀처럼 가라앉지 않았다. 아침에 눈을 떠서 잠이 들 때까지 종일 두통에 시달렸다. 다행히 자고 일어나면 괜찮아졌지만, 그럼에도 외출할 때 가장 먼저 챙기는 필수품은 진통제였다. 밖에서 아플 때를 대비한 상비약이었다. 두통은 보통 견딜 만하다고들 하는데, 나는 도통 견딜 만하지 않았다(편두통은 중증 정도에서 심한 통증을 보인다).

그런데도 나는 어디 꿀단지라도 숨겨놓은 듯 힘든 줄도 모르고 꾸준히 외출을 감행했다. 그리고 만나는 사람마다 두통에 대해 가볍게 이야기했다. 요즘 두통이 있는데, 몸이 불편한데, 어떻게 좀 나아질 수 없을까 하고(그럼, 병원을 가야지!). 그래서 갑자기 입원을 하고, 어느 순간 직장을 그만두고, 상담을 받고, 긴 시간 힘들어했어도 '갑자기 웬 두통이야?'라는 말은 듣지 않았다. '두통이 그렇게 힘든가?' 갸우뚱거리는 기색이 사람들에게 없지는 않았지만, 인간은 같은 증상을 겪어도 똑같이 느끼는 게 아니니 충분히 이해할 만한 반응이었다. 나도 예전에 그랬으니까.

안일함을 반성하며 ———— 나는 내 몸이 보내는 사소한 신호에도 민감하게 귀를 기울인다. 원래 내 몸을 아끼는 편이기도 했지만, 무엇보다 가벼웠던 두통을 더 악화된 상태로 진행시켰다는 데서 오는 후회 때문이다. 두통이 본격적으로 일상에 영향을 미친 건 정말 손 쓸 수 없는 단계에 도달했을 때지만, 그 이전부터 사소하지만 지속적으로 영향이 있기는 했다. 두통 때문에 마음먹은 일을 그만둔 적은 없다(참고 억지로 했다). 그런데 생산성이 떨어졌다. 진통제를 먹을지 말지 고민하고, 너무 자주 먹는 건 아닌지 걱정하며 통증을 참았으니 맑은 정신으로 일하는 것과는 분명 차이가 있지 않았겠는가.

사소한 습관들 ————— 20대 초반 자취를 하면서 두통을 겪기 시작했는데, 그 시절에 대한 기억은 가물가물하지만, 이 무렵 이전에 없던 버릇이 하나 생겼다는 건 알고 있다. 잠을 잘 때 한쪽 팔을 이마에 올리고 자기 시작한 것. 손바닥, 손등, 팔목 혹은 팔꿈치, 어느 부위든 상관없으니 뜨끈한 이마 위에 시원한 뭔가가 닿는 게 중요했다. 왜 이런 자세를 취했는지, 처음 시작이 어땠는지는 기억나지 않는다. 잠을 잘 때 편안한 자세를 찾아 자연스럽게 몸을 뒤척이는 것처럼 편안하게 자고자 하는 본능이 아니었을까. 자세를 취할 때 이마에 닿는 내 살갗 느낌이 좋았다. 좀더 정확히 말하면 살갗이 주는 시원함이 좋았다. 이마는 뜨끈뜨끈한데 팔은 시원해서 이마의 열을 잠시나마 식혀주었으니까. 또 팔을 이마에 올리면 시야가 어두워졌는데, 그 어두움이 편안했다. 방 불을 꺼 주변이 밝지 않은데도 눈을 가린 뒤에야 수월히 잠들 수 있었다(나는 빛에 예민했다). 이마의 열기로 팔뚝이 뜨뜨미지근해지면 손바닥으로, 손바닥을 다시 손등으로 바꾸다 스르륵 잠이 들었다(내 이마는 튀어나온 편이었는데 그 이후 볼록하던 이마가 평편하게 바뀐 것 같다. 이마를 너무 눌러대서 그런 게 아닐까).

이마는 뜨거운데 체온을 재면 항상 정상이었다. 미열도 없었다. 머리가 뜨거운 것 같다고 다른 이에게 이마를 만져보

게 하곤 했는데, 다들 열은 없다고 했다. 사람의 이마는 보통 이 정도로 다 따뜻하다고. 그러나 머리로 열이 오르는 증상은 실재했고, 잠을 잘 때마다 미약한 두통과 원인 모를 열감이 늘 함께했다.

두통과 안구 통증, 녹내장을 의심하다

조짐 ———— 내 첫 직장은 작은 제약회사였다. 장시간 같은 자세로 앉아 있어서 온몸이 뻐근했지만, 특별히 그것 때문에 아팠던 적은 없다. 가끔 이유를 알 수 없는 답답함이 훅 치밀어 올랐지만, 규모가 작은 집단의 일관되지 않은 업무 방식 때문인지, 아니면 미처 몰랐던 두통의 영향 때문인지는 지금도 잘 모르겠다.

두 번째 직장은 메디컬빌딩 1층에 있는 약국이었다. 매일 수백 건씩 쏟아지는 처방전을 소화하는 게 가능한가 싶을 만큼 비좁았고, 한 걸음만 잘못 움직여도 옆 사람과 부딪치기 일쑤였다. 매출 규모에 비해 약국 면적이 안타까우리만치 협소했는데, 조제실은 더 좁았다.

이곳에서 생전 처음 어지럼증을 느꼈다. 그전까지 어지러움을 겪어본 적이 없어서 내가 어지러운지도 잘 몰랐다. 환기가 안 되는 내부에 오래 있어서 산소가 부족해 그런가 싶었다. 산소가 부족하면 답답하고 어지러울 수 있다는 말을 들어본 적이 있는데, 중간에 상태가 안 좋다가도 어찌어찌 일을 하다 보면 괜찮아졌다. 좁은 곳에서 정신없이 일하다 보니 컨디션이 떨어지고, 몸을 갈아가며 일하는 게 버거워서 그런 줄만 알았다.

주구장창 방문한 안과 ———— 당시 두통만큼이나 나를 힘들게 했던 건 안과 증상이었다. 두통이 심해진 뒤로는 이차적인 문제로 밀려났지만(신경 쓸 정신이 없었다), 그전까지 내게 가장 큰 근심거리는 바로 눈이었다. 나는 편두통을 진단받기 전 1~2년 정도 안과를 참 많이 찾았다. 일부러 그런 건 아닌데 가다 보니 다섯 곳은 간 것 같다. 직장 근처, 집 근처, 시력교정수술을 받았던 안과, 녹내장 검사를 했던 대학병원까지. 제일 마지막으로 방문한 안과에서 편두통 때문일 수 있으니 신경과에 가보라는 권유를 받았다. 지속적인 통증에도 안과만 주구장창 찾았던 건 안과 문제라는 확신이 있어서였다. 내가 겪은 증상 대부분이 눈과 관련돼 있었기 때문이다.

그때 나는 어지러웠다. 방향을 바꿀 때(예를 들어 왼쪽에서 오른쪽으로 고개를 돌릴 때) 특히 그랬는데, 시야가 한 박자 늦게 따라오는 것 같았다. 가만히 한 곳을 오래 바라보는 것도, 초점을 맞추는 것도 힘들었다. 시야가 흔들리면서 안구에 통증까지 있었다. 안구통은 오른쪽이 심했는데 눈, 눈 밑, 눈 옆 그리고 머리까지 이어졌다. 눈이 아프기 시작하면 머리도 아파왔다(통증의 시작점이 눈이었기에 눈 때문에 머리까지 아픈 줄 알았다). 또 양 눈의 거리 감각이 달랐다. 오른쪽이 멀리 보였다. 복시인가 의심했다. 눈이 피로했고, 시야가 좁아지는 느낌이 들었다. 덜 보이기까지 했는데, 내가 볼 수 있는 범위가 180도가 안 되고, (그보다 한정된) 양옆으로 10도씩은 안 보이는 느낌이랄까.

길을 가다 나무에 부딪칠 뻔한 적도 있다. 뭐라 설명해야할지 모르겠는데, 어쨌든 눈이 잘 보이지 않는 느낌이었다. 무언가 문제가 있는 게 분명했지만, 안과에 가면 아무 이상이 없다고만 했다. 답답했다.

아는 게 병 ———— 시야가 좁아지는 증상이 계속되자 덜컥 겁이 났다. 이는 녹내장의 대표 증상이었으니까. 녹내장은 시신경이 서서히 손상되는 질환으로 손상된 시신경만큼 볼 수 있는 범위가 줄어든다(주변 시야가 먼저 손상되고 중심 시력은 늦게까지 보존된다). 한 번 죽은 시신경은 다시 되살릴 수 없어서 평생 좁아진 시야를 가지고 살아야 한다. 제때 치료하지 못하면 실명에 이를 수도 있다.

내가 겪은 여러 안과 증상이 녹내장 때문일까 봐 두려웠다. 녹내장의 특징으로는 안압 상승이 있는데(안압이 상승하는 녹내장이 있고, 안압이 정상인 녹내장이 있다), 심각한 안구통이 안압이 높아서 그런 게 아닌지 의심스러웠다.

실명의 가장 큰 원인인 녹내장은 빠른 검진과 약물치료로 진행을 늦추는 게 우선이다. 나는 그동안 가장 자주 찾았던 안과를 다시 방문해 녹내장 검사를 하기로 마음먹었다.

녹내장 검사 ———— 녹내장 검진 비용으로 3만 5500원이 나왔다. 녹내장 검사로(아마 여러 가지를 했겠지만 정확히 무얼 했는지는 모른다) 기억 나는 검사가 하나 있다. 시야가 얼마나 손상되었는지 판단하는 검사였는데, 청력 검사 때 소리 나는 방향의 손을 드는 것과 비슷했다. 어두운 공간에 녹색 불빛이 여러 방향에서 산발적으로 깜빡이는데, 빛이 보이면 버튼을 누르면 된다. 양쪽 눈을 번갈아 시행했고 검사 시간은 길지 않았다.

긴장된 마음으로 진지하게 검사에 임했다. 살짝 느리게 반응하거나 누르지 않고 지나치면 괜히 마음이 안 좋고, 한쪽 시야가 덜 보이는 결과가 나올까 봐 걱정되었다. 정확한 결과가 나오기를 바라는 마음에 몇 번 놓쳤다고 안타까움을 담아 말했더니, 환자가 놓칠 수 있다는 걸 감안하고 하는 검사라고 했다. 검사를 하는 의미가 있으려면 당연히 그럴 텐데, 나는 굳이 한 번 더 물었다. 불안했기 때문이다.

계속되는 불안 ———— 결과지에는 동그라미가 여러 개 있고, 색이 칠해져 있었다. 초록색이 '정상', 노란색이 '주의', 빨간색이 '부정적 결과'를 뜻한다(다른 건 모르겠고 설명도 자세히 해주지 않았다. 물론 들어도 이해하는 데 한계가 있었겠지만).

내 결과지에는 노란색이 몇 개 있었다. '이런! 역시 내 예상이 맞았어. 아니길 바랐는데 그랬던 거였어.' 원치 않는 답을 맞혔다는 이상한 희열과 함께 나는 큰 병원에서 다시 한번 검사를 받아보기로 했다. 생각해보면 굳이 3차 병원까지 갈 필요가 없었는데, 내가 워낙 걱정을 하니 진단서를 써준 것 같다. 말도 없고 참 점잖은 의사 선생님이었는데.

의사 선생님은 노란색이 조금 있어도 이 정도면 '정상'이라고 말했지만, 나는 불편한 안과 증상에 대한 실마리를 드디어 찾은 것 같아 의사의 말을 귓등으로 넘겼다. 왜 그 선생님 말을 듣지 않았나 싶은데, 나는 실제로 불편한데 자꾸 문제가 없다고 말하는 의사를 마음속 깊은 곳에서는 믿지 못했던 것 같다(처음부터 그랬던 건 아니다. 그랬다면 계속 같은 병원을 찾지 않았을 것이다).

고속버스터미널 근처에 있는 대학병원이 안과로 유명하다기에 바로 예약을 잡았다. 후련한 마음으로 진료일을 기다렸다. 진료의뢰서에 적힌 내 진단명은 '녹내장 의증'이었다.

두통과 녹내장 사이에서
||||||||||||||||||||||||||||||||||

진료일을 기다리며 ———— 내가 녹내장이라는 생각이 들자 한참 동안 우울했다. 20대에 녹내장이라니, 이 무슨 날벼락인가. 때마침 젊은 녹내장 환자가 늘고 있다는 기사가 심심찮게 눈에 띄더라니. 딱 내 얘기 같았다. 나 같은 사람이 이렇게 많다니… 마음이 좋지 않았다. 내원일을 기다리며 녹내장약, 진행 늦추는 법, 녹내장 원인, 증상 등을 시간이 날 때마다 검색했다. 여러 가지로 알아봤지만 당장 내가 할 수 있는 건 없어 보였다.

대기실에 앉아 ———— 대학병원에는 엄마와 동행했다. 불안이 전염된 것인지 아니면 큰 병원에 가는 게 신경이 쓰여서인지 엄마가 보호자 역할을 자처했다. 안과 병동에는 나 외에도 진료를 기다리는 사람이 꽤 있었는데, 다들 나이가 많았다. 20대는커녕 30대, 40대도 잘 보이지 않았다. 하긴 황반변성, 백내장, 녹내장, 당뇨망막병증 같은 안과질환은 나이가 많을수록 유병률이 높다.

대기 중인 환자의 면면을 보니 내 불운이 더 가슴에 와 박히는 기분이었다. 동병상련일까. 이 많은 사람이 어디가 얼마나 아프기에 여기까지 찾아왔을지 안타까운 마음이 들었다. 다들 쉽지 않았겠지. 주위를 둘러보며 애써 신경을 다른 데로 돌렸다. 오래 기다리지 않아 내 차례가 왔다. 간호사 선생님이 종이 한 장을 주며 검사 절차를 간단히 설명했다.

나는 할아버지 한 분과 같이 불렸는데 비슷한 순번을 모아 한 번에 설명하는 것 같았다. 이 할아버지도 녹내장으로 내원했는데, 녹내장 검사가 처음이 아닌 듯했으며 보호자가 옆에 바짝 붙어서 간호사의 말을 짧게 전달해주었다. 더 쉬운 말로 전해 들으면서도 할아버지는 한 박자 늦게 반응했다. 귀가 잘 들리지 않는 것 같았다.

할아버지를 보자 갑자기 정신이 번쩍 들었다. 한쪽 눈을 실명하고 남은 한쪽 눈의 시야마저 일부를 잃은 할아버지를 앞에 두고서야 나는 검사나 한번 해보자고 병원을 찾은 게 멋

쩍었다. 동시에 내가 녹내장이 아닐 거라는 생각이 강하게 들었다. 병과 죽음은 나이를 따지지 않는다지만 그때 그 공간에서 나처럼 멀쩡해 보이는 사람은 없었다. 마치 내가 와서는 안 될 곳에 와 있는 느낌이었다.

녹아내린 서러움 ———— 진료비 세부내역서를 보면 어떤 검사를 했는지 확인할 수 있다. 시력·안압 검사, 굴절 검사, 각막 두께 확인, 정밀 검사, 예진, 망막·시신경 유두 관찰 그리고 시야 검사까지. 동네 안과의 녹내장 검사와는 뭔가 달랐겠지 싶은데, 설명해주지 않으니 알 길이 없다(설명을 듣는다고 해서 얼마나 알아듣겠냐마는).

정밀 검사는 한 검사실 안에서 이뤄졌다. 방 안은 검사 기계로 가득 차 있었는데, 의사 선생님 여럿이 각 기계를 하나씩 담당했다. 의사와 기계는 제자리를 지키고, 환자만 한 칸씩 옆으로 이동하는 식이었다. 모든 검사를 마치고 결과를 들으러 갔다. 한 번 들어봤다고 결과지가 사뭇 익숙해서 내심 뿌듯했다. 검사 결과, 역시 나는 녹내장이 아니었다. 심지어 1차 병원에서 나온 결과보다 '주의'를 뜻하는 노란색 비율이 많았는데도 정상이라고 했다.

의사는 내가 불안해 보였는지 걱정하지 말라는 말도 해

주었다. 대학병원까지 왔을 정도니 당연히 걱정했으리라 생각할 수도 있겠지만, 어쨌든 그렇게 말해줘서 고마웠다. 젊은 나이에 녹내장이라니, 무서웠단 말이다. 나를 향하던 불운이 발길을 돌리자 그동안 느꼈던 서러움이 사르르 녹았다.

헛발질 ──── 당시 나는 매우 진지해서 진료에 앞서 물어볼 내용을 한껏 준비했다. 그러나 잔뜩 준비해간 질문은 아무 쓸모도 없었는데, 모든 질문거리가 내가 녹내장이라는 전제 아래 작성된 것이었기 때문이다. 헛수고였다. 이러다 없는 병도 만들 판이다. 그러나 나는 무의미한 종이로 전락해버린 질문지를 버리지 못했다. 고이 접어 챙긴 종이를 다시 열어보면 그때의 간절함이 떠오른다.

병원에 갈 때와 달리 집에 올 때는 마음을 푹 놓고 룰루랄라 돌아왔다. 안심한 동시에 조금은 허탈한 마음이 들었다. 가족들은 별일 아닌데 호들갑을 떨었다는 식으로 반응했고 나도 그렇게 생각했다. 그동안 수차례 안과를 찾았던 이유가 분명 있겠지만 녹내장이 아니라는 안도감 앞에서는 큰 문제가 아닌 것처럼 느껴졌다. 결과적으로 내가 너무 예민하게 반응한 꼴이었지만, 어쨌든 문제가 없다니 잘된 일이었다. 거금 40만 원. 녹내장 검사비용이었다. 그래도 마음의 안식을 위해

지불한 비용이라 생각하면 쓰린 속이 달래졌다.

눈에 문제가 없다는 것을 확인하고 난 뒤에는 한동안 안과를 찾지 않았다. 내가 겪고 있는 안과적 불편함은 여전했지만, 녹내장이라는 무서운 질환에 대비하면 다행한 수준이었다. 어찌 되었든 눈 문제는 아니었다.

두통과 눈영양제

눈영양제를 찾아 ———— 시야가 좁아지고 머리가 뜨거웠다. 도대체 왜 이러는 걸까? 병원에 가지 않는 건 가지 않는 것이고, 일단 나 혼자 할 수 있는 일은 해보자 싶었다. 눈에 좋다는 영양제를 먹어보기로 했다. 조금이라도 좋아졌으면 하는 마음에 눈에 좋다는 성분은 닥치는 대로 샀다. 불안한 마음을 쇼핑으로 달래는 게 어떤 건지 알 것 같았다. 약이 도착하는 대로 기다리지 않고 바로 복용했다.

믿거나 말거나 ———— 영양제를 먹어도 여전히 어지럽고, 초점을 맞추기 힘들고, 안구에서는 열감과 압박감이 계속 느껴졌다. 내가 녹내장으로 의심했던 증상은 나아지지 않았다. 그러나 다른 쪽으로 효과가 있었는데 예상치 못하게 눈이 잘 보였다. 안구통과 두통으로 힘들면서도 더 또렷하고 멀리 보이는 느낌이었다. 분명 더 잘 보였다.

여러 영양제를 비슷한 시기에 먹었기 때문에 어떤 성분이 어떤 효과를 보였는지는 잘 모르겠다. 복합적인 효과라 생각한다. 좋아진 시력을 확인하기 위해 안과에 가지는 않아서 내 말을 증명할 근거는 없다(실제로는 시력이 그대로였을 수도). 그러나 눈이 있는 우리는 안다. 동일한 검사로 동일한 결과가 나오더라도 내가 보는 광경이 다를 수 있다는 걸. 시력이 떨어진 경험이 있는 사람은 안다. 눈이 천천히 안 좋아지는 느낌, 전보다 덜 보이는 기분을. 내가 느낀 건 바로 그 반대의 변화였다.

시력을 다시 향상시키기란 현재로서는 수술 외의 방법은 없는 걸로 알고 있다. 그런데 놀랍게도 영양제로 눈이 좋아졌다. 이렇게 좋아진 시력이 오래오래 지속되었으면 좋았겠지만 안타깝게도 금세 원래 보이던 수준으로 돌아왔다. 눈 영양제를 단기적으로 먹어서 그런 걸까? 지속적으로 먹었다면 다른 결과가 나올 수도 있겠다 싶지만, 이는 개인적 경험이므로 단지 한 사례가 있다는 것만으로 시도하기에는 근거가 부족할 것이다. 어쨌든 믿거나 말거나.

내가 복용한 것들 ———— 그래도 혹 궁금해할까 봐 적어본다. 약이 도착하는 대로 그때그때 추가해 먹었기 때문에 동시에 먹은 것도 있고 나중에 따로 먹은 것도 있다. 확고한 믿음 없이 그저 좋겠거니(눈이 아니면 다른 데라도 도움이 되겠지), 안먹는 것보다 낫겠지 하는 마음으로 이것저것 시도했다. 고함량 복용을 위해 대부분 단일제로 먹었지만, 일부 복합제로 복용하기도 했다. 1일 복용량을 기준으로 용량을 적었지만, 실제 내가 복용한 양과는 차이가 있다. 대략 이런 종류를 먹었다 정도로만 보면 된다. 순서는 중요도와 무관하다.

1. 비타민A가 포함된 종합비타민

2. 헤마토코쿠스 추출물Haematococcus Pluvialis, Astaxanthin 12mg

3. 소나무 껍질 추출물French Maritime Pine Bark Extract, Pycnogenol 150mg

4. 포도씨 추출물Grape Seed Extract, Vitis Vinifera 100mg

5. 빌베리 추출물Vaccinum Myrtillus, Bilberry 100mg

6. 퀘세틴Quercetin, Sophora Japonica 100mg

7. 루틴Rutin, Sophora Japonica 70mg

8. 지아잔틴Zeaxanthin 4mg

9. 오메가3(EPA, DHA) 1000mg

편두통 알아채기
||||||||||||||||||||||

길을 헤매던 시간들 ―――― 편두통 증상이 눈으로 올 줄 누가 알았을까. 두통과 안과질환(안구통 등)을 같이 검색해보면 나와 비슷한 증상을 보이는 사람이 심심찮게 보인다. 그러나 편두통과 동반되는 대표 증상은 오심(메스꺼움)과 구토이기에 안과적 증상은 크게 언급되어 있지 않다. 어째서 눈과 관련된 언급은 많지 않은 걸까? 만약 누군가 나에게 작은 힌트라도 주었다면 진작 신경과를 찾았을 것이다.

편두통은 얼굴 위 관자놀이나 눈 주변으로 잘 나타난다. 나처럼 눈 주변 통증이 심하면 안구통과 헷갈릴 법도 하다. 나는 몸에 문제가 있는 걸 알고 안과만 꾸준히 찾았다. 좀 괜찮아지면 참기도 했지만 힘들어지면 다시 방문했다. 그동안 진작 신경과를 찾지 않은 나를 많이 자책해곤 했는데, 생각해보면 이만하면 많이 노력했다 싶다. 안타깝지만 방향이 틀렸던 것. 나는 정말 간절했고 나름 행동을 취했지만 길을 헤매느라 많은 시간을 소요했다(안과만 주구장창 갔으니!). 불편한데 이유를 몰라 뱅글뱅글 제자리만 돌았다. 여러 안과를 찾던 시기에 신경과에 한 번이라도 갔다면 지금과는 상황이 사뭇 달랐을까.

혹시 턱관절장애? ———— 두통의 원인이 무엇일까 계속 고심하다가 턱관절 검사를 받기 위해 치과에 간 적도 있다. 턱관절 검사를 어떻게 알게 되었는지는 모르겠다. 오랜만에 턱관절장애 증상에 대해 찾아봤는데, 당연하게도 턱에 통증이 있거나 입을 벌릴 때 소리가 나는 등 턱과 관련된 증상이 주였다. 턱관절장애는 대부분 턱 통증과 관련돼 있고, 그 외 증상은 (이런 증상과 함께 나타날 수 있다는 정도의) 부수적 증상으로 보인다. 그런데 나는 두통과 목, 어깨 통증 때문에 치과를 찾았다. 턱 관련 증상은 하나였다. 입을 크게 벌리면 오른쪽 턱이 아팠다. 턱이 빠질 것 같고, 안 닫힐 것 같은 기분이 들 때가 가끔 있어서 혹시나 하는 마음에 치과에 간 것이다.

나는 정기검진을 위해 주기적으로 치과를 방문한다. 동네 치과 선생님이 꼼꼼하고 친절하게 봐주셔서 믿음을 가지고 찾는다. 의심 증상을 말하고 간단한 검사를 받았다. 결과는 역시나였다. 턱이 비대칭이긴 했지만 이 정도 비대칭은 누구나 있을 수 있으며 턱관절장애는 아닌 것 같다고. 내 주 통증 부위는 턱이 아니었다. 아픈 곳은 언제나 머리였다. 지금 생각하면 두통을 해결하기 위해 증상을 끼워 맞추려고 치과에 방문했던 것 같다.

일자목이 원인일까? ──────── 머리, 목, 어깨가 아파서 정형외과에도 간 적도 있다. 목 엑스레이를 찍었는데 내가 일자목이어서 머리가 아플 수 있다는 이야기를 들었다. 머리가 많이 아프면 국소마취제 성분의 주사를 놔주겠다고도 했다. 일회성이거나 머리를 어디에 부딪친 것 같은 명확한 이유가 있는 두통이라면 그 주사를 고려했을 것이다. 그러나 나는 두통이 매우 잦아서 단발성 주사로 해결될 문제가 아니었다. 머리가 아플 때마다 계속 주사를 맞을 수는 없지 않은가. 근본적인 대책이 필요했다. 이게 답이 아닌 건 알겠는데, 무엇이 답인지도 알 수 없었다.

이유 있는 불만 ──────── 생각해보면 참 부지런히 병원을 찾아다녔다. 이만큼 갔으면 됐잖아 싶을 만큼. 모든 검사에서 아무 문제가 없다면 다른 생각을 해봐도 좋았을 텐데, 왜 그 누구도 내게 신경과에 가보라고 말하지 않은 걸까? 매번 이유를 찾지 못하고 돌아가는 환자에게 자그마한 조언을 건네는 것도 의사의 역할 아닐까?

　나무만 보느라 숲에는 관심이 없었던 듯하다. 전체적인 환자의 몸 상태를 보고 구체적으로 들어가면 좋았겠지만, 의사는 자기 분야에서만 해석하려는 경향이 있다. 통합적으로 환자를 보고 방향을 제시하지 않으면 헤매는 사람이 나올 수밖에 없다. 지금도 가끔 내가 정말 편두통을 앓고 있는 걸까 의심한다. 혹 다른 곳이 아픈 건 아닌지, 그래서 이렇게 계속 아픈 게 아닌지 하고 말이다.

머리가 아프면 가야 할 곳 ———— 두통의 원인은 너무 다양해서 어느 과를 가더라도 그 원인을 찾을 수도 있고, 못 찾을 수도 있다. 흔히 알려진 것처럼 잘못된 자세를 장기간 유지해서 머리 주변 근육의 긴장으로 두통이 오기도 한다. 축농증 때문에 오랜 기간 두통에 시달리기도 하고, 치통이 너무 심해도 두통이 생긴다. 녹내장 때문에 머리가 아플 수도 있다.

두통 증상으로 병원을 찾으면 안과에서는 녹내장 검사를 하고, 치과에서는 턱관절 검사를 한다. 그러나 이유를 알 수 없는 두통으로 계속 힘들다면 그 어떤 과보다 신경과를 가장 먼저 가야 한다. 어떤 병이든 그 병에 맞는 과를 찾는 게 우선이다. 처음에 길을 잘 들어서는 게 그래서 중요하다. 그러나 편두통 환자는 다른 병원을 전전하다 뒤늦게 신경과를 찾는 경우가 많다. 나 역시 그랬다.

도움이 되는 정보

두통이 심할 때는 신경과에 가자

두통이 심하면 신경과에 먼저 가야 한다. 두통과 어지럼증은 신경과를 찾는 대표 증상이다. 그 외에도 저림이나 쩌릿쩌릿한 증상 같은 이상감각이 있거나 혹 이미 알고 있는 근육통이 아닌 낯선 통증을 겪는다면 역시 신경과에 가자. 보통 접근성이 좋은 정형외과를 먼저 방문하게 되는데, 뼈나 근육 문제가 아니라는 것을 확인했다면 다음 방문할 곳은 신경과다.

언제 가야 할까?

신경과는 뇌와 신경계에서 발생하는 다양한 질환을 진단하고 치료한다. 신경계는 중추신경계와 말초신경계로 나뉜다. 중추신경계는 뇌와 척수, 말초신경계는 12쌍의 뇌신경과 31쌍의 척수신경으로 구성된다. 말초신경계는 온몸에 분포해 중추신경계와 연결된다. 곧 신경과는 뇌, 척수, 말초신경, 근육에 이르기까지 중추 및 말초신경계에 발생하는 신경계 전반의 질환을 다루는 과다. 구체적인 신경과 질환은 아래와 같다.

- 뇌졸중, 뇌경색, 뇌출혈 등 뇌혈관장애
- 뇌전증(간질)
- 뇌막염, 뇌염 등 신경계 감염
- 수면장애(수면무호흡증, 불면증, 하지불안증후군)
- 치매
- 두통
- 신경통
- 어지럼증
- 실신, 의식소실
- 이상운동질환(파킨슨증후군, 진전, 근긴장, 헌팅턴 무도병 등)
- 근육, 말초신경계질환(말초신경병증, 근위축증, 다발성경화증, 중증근무력증, 근이영양증 등)

다음 증상이 있으면 신경과를 찾아야 한다.

- 두통
- 어지럼증
- 시야장애, 복시
- 안면마비, 팔다리마비, 반신마비
- 사지의 이상운동
- 감각이상, 손발저림
- 손떨림
- 근력감퇴, 근육위축
- 발음 또는 언어장애
- 실어증
- 성격변화
- 기억력장애
- 보행장애, 행동이 느려짐
- 경련발작
- 의식저하, 의식소실(실신)
- 수면장애, 불면증

편두통의 원인은 무엇일까?

편두통 원인으로 환자가 가장 많이 체감하는 부분은 스트레스, 피로, 생리(여성호르몬 변화), 저혈당, 운동 등이다. 나는 스트레스, 저혈당, 수면 패턴의 변화, 날씨, 빛, 소음, 생리주기 등으로 편두통을 경험했다. 수면 패턴의 변화는 여전히 두통을 일으키는 요인 중 하나지만, 최근 나에게 가장 큰 영향을 미치는 요인은 급격한 날씨 변화다. 기온이 내려가거나 갑자기 더워지면 어김없이 머리가 아프다(온도 변화로 머리 쪽 혈관의 수축과 이완이 급격하게 일어나서일 것이다). 급격한 날씨 변화 외에도 생리주기 때 유독 두통이 심하고, 배가 고프거나 좁고 답답한 공간에 있을 때도 두통이 발생한다.

편두통 유발인자를 없애면 되지 않을까?

두통의 대략적인 원인을 안다면 이를 제거해 두통을 해결하면 되지 않을까 생각할 수 있다. 그러나 일이 그렇게 쉽지 않다. 보통 한 가지 이유만으로 두통이 발생하지 않고, 여러 유발인자가 쌓여 한계점을 넘었을 때 두통이 발생하기 때문이다(하나의 유발인자에 노출된다고 해서 반드시 두통이 생기는 것은 아니다). 여러 요인이 중첩된 결과 두통이 발생하기에 두통의 정확한 원인을 알기가 어렵다. 또 마땅한 원인 없이 두통을 겪는 경우도 많다.

시간이 지나면서 하나의 유발 요인이 더는 두통을 일으키지 않기도 하고, 두통을 일으키는 새로운 요인이 생기기도 한다. 이를테면 나는 예전에는 늦잠을 잘 때 머리가 아팠지만 지금은 그렇지 않다. 대신 밤늦게 자면 다음 날 머리가 아프다.

두통과 냉찜질

두통에는 냉찜질이 효과적이다. 냉찜질은 어떤 약을 복용하든 상관없이 누구나 쉽게 시도할 수 있다. 다른 약과의 상호작용이나 인체에 미치는 영향에 대해 고민하지 않아도 된다. 운이 좋다면 냉찜질만으로 두통이 약해지거나 사라지기도 한다.

해열 패치

손을 이마 위에 올리고 자는 걸 의식하고부터 애용하는 물품이 하나 있다. 서늘한 팔뚝이 머리 열감을 식혀준다는 점에 착안해 '뭐, 좋은 게 없나?' 하며 주변을 둘러보니 이미 세상에는 멋진 물건이 존재했다(내가 알지 못할 뿐 삶을 쾌적하게 만드는 발명품이 꽤 많다). 바로 열이 날 때 사용하는 해열 패치다. 해열 패치는 열패치, 냉각시트, 쿨링시트 등 다양한 이름으로 불린다. 온라인에서 대량으로 구매할 수 있고, 약국에서도 판다. 만족스러운 품질은 아니지만 다이소에도 있다.

제조회사 말로는 지속시간이 자그마치 10시간이나 된다고 하는데, 체감상 길어야 몇 시간이고, 짧으면 30분 만에 미지근해지기도 한다. 여러 제품을 사용해보고 마음에 드는 브랜드를 택하길 바란다. 해열 패치는 지금도 계속 사용 중이며 떨어지기 전 미리 쟁여두는 목록 최상단에 있다.

얼음팩

두통 강도가 견딜 만했던 초기에는 해열 패치로 충분했다. 그러나 통증이 더 심해지자 해열 패치로는 원하는 만큼 효과를 보지 못했다. 더 좋은 방법을 찾아 시도한 게 얼음팩이다. 얼음팩은 물주머니에 물을 넣고 얼려서 사용한다. 얼음팩은 지속력이 좋지만 손이 몹시 시리다. 또 천에 물방울이 맺혀서 얼굴이 젖는 것도 흠이다. 가격이 싸고 계속 재활용할 수 있다는 장점이 있지만, 단점이 더 커서 피치 못할 경우가 아니라면 추천하지 않는다.

마스크팩

미용 목적으로 사용하는 마스크팩도 해열 패치와 비슷하게 열감을 내려준다. 통증 부위가 명확하다면 그 부위를 집중적으로 냉찜질하면 되지만, 얼굴 전체에 화끈거리는 열감이 있다면 마스크팩이 나을 수 있다. 나는 티트리와 멘톨 성분이 함유된 마스크팩을 애용한다.

편두통의 진행 단계

편두통은 전구증상→전조증상(조짐aura)→두통→소실→회복의 과정을 거친다. 각 단계마다 특징적인 증상을 보이며 그중 눈과 관련된 증상은 전조증상(조짐)에서 확인할 수 있다.

1. 전구증상: 쉽게 알아채기 힘든 미묘한 변화로 환자의 3분의 2가 경험한다.

2. 전조증상(조짐): 뇌의 혈류 부족으로 나타나는 신경계 증상(주로 시각장애)으로 조짐이 있는 편두통은 20~30%에 불과하다.

3. 두통: 수 시간에서 이틀 정도 지속되는데, 길게는 사흘까지도 간다.

4. 소실: 잠을 자거나 약을 복용하면 호전된다. 그러나 어떤 방법도 듣지 않아 그저 잦아들기를 기다려야 하는 경우도 있다.

5. 회복(후구증상): 두통이 해소된 뒤 피로감, 무력감, 식욕부진을 느끼기도 한다.

전조증상에 대해

전조증상(조짐)은 뇌의 혈류 부족으로 나타나는 신경학적 증상이다. 주로 시각으로 나타나며 광시증(어둠 속에서 빛을 느끼는 현상), 시력장애 등이 있다. 전조증상은 두통이 발생하기 전이나 두통과 함께 나타나며 증상은 다음과 같다.

- 빛이 번쩍인다.
- 지그재그 모양의 밝은 선이 보인다.
- 깨진 거울을 통해 물체를 보는 느낌이 든다.
- 초점을 맞추기가 어렵다.
- 눈앞이 흐려진다.

편두통 전조증상을 겪은 환자는 본인 시력에 이상이 있다고 생각하기 쉽다. 그동안 내가 무수히 주장해왔던 안과적 장애가 (내가 인지하지 못했을 뿐) 편두통 전조증상은 아닌지, 곧 '조짐으로 인한 시각장애'가 아니었는지 생각해본 적이 있다. 그러나 나는 전형적인 조짐 증상인 번쩍이는 선을 봤다거나 깨진 거울을 통해 세상을 보는 듯한 느낌을 받은 적이 없다. 몇 년간 겪은 안과적 증상은 보통 하루 이틀 정도 이어졌기에 조짐 이후 두통이 온다는 전후 관계도 성립하지 않는다. 내가 겪은 시각장애는 대부분 두통을 동반하지 않고 독립적으로 발생했다.

조짐은 편두통 환자의 전형적 증상으로 진단의 명확한 기준이 되지만, 실제 조짐이 있는 편두통은 전체의 20~30%에 불과하다. 여러 이유로 내가 겪은 안과적 증상은 두통이 심해지면서 동반된 증상일 뿐 편두통 전조증상(조짐)은 아닌 것으로 보인다.

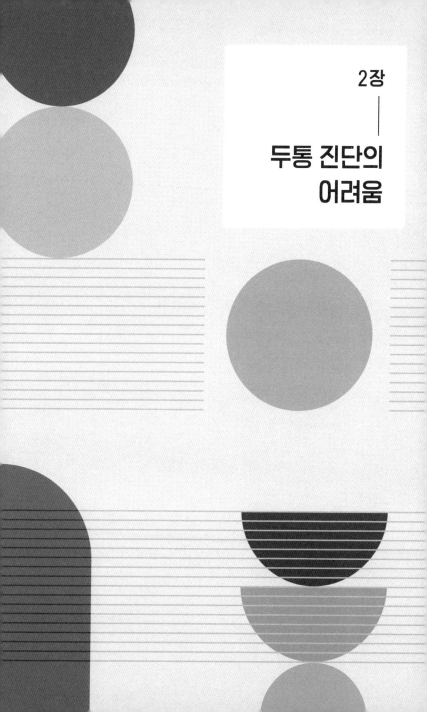

2장
—
두통 진단의
어려움

편두통을 늦게 발견하는 이유

||||||||||||||||||||||||||||||||||||||||

선입견이 가린 눈 ———— 편두통과 동반되는 대표 증상은 오심과 구토다. 환자의 90%가 오심을 보이고 50%가 구토를 수반한다. 그러나 나는 구토는커녕 오심도 없었다. 편두통의 특징인 맥박이 뛰는 듯한 '박동성' 두통도 시일이 많이 지나서야 (편두통 진단을 받을 때쯤) 느낄 수 있었다. 편두통은 그 이름에서 드러나듯 주로 머리 한쪽에 치우쳐 나타나는데, 나는 양쪽 머리가 다 아팠다(양측성). 나에게는 편두통의 전형적 특징이 전혀 나타나지 않았던 것이다. 또 두통 발작을 예고하

는 단계인 전구증상(기분 변화, 경계심, 공복감, 하품 등)이나 편두통 발작 전에 오는 전조증상(조짐)이 없었기에 머리 통증과 편두통을 연관시키지 못했다.

편두통의 분류 ———— 편두통은 전조증상의 유무로 분류할 수 있는데, '조짐 있는 편두통'은 '조짐 없는 편두통'보다 그 빈도가 적다. 실제 편두통 환자 중 조짐이 있을 확률은 많아야 30% 정도로 전체 편두통 환자 중 일부만 전조증상을 경험한다. 많은 사람이 조짐이 없으면 편두통이 아니라고 잘못 생각하는데, 안타깝게도 나도 그중 하나였다. 조짐은 편두통의 고유한 특징이라서 나도 모르게 조짐이 있어야만 편두통이라고 착각했던 것이다.

- 조짐이 있는 편두통=고전적 편두통Classic Migraine=전형적 편두통
- 조짐이 없는 편두통=일반적 편두통Common Migraine=비전형적 편두통

앞에서 이야기했듯 '조짐'은 두통이 오기 전 혹은 두통과 함께 나타나는 증상이다. 조짐이라는 명확한 기준을 유무로

편두통을 분류하기 때문에 편두통과 조짐을 함께 떠올리기 쉽다. 왠지 편두통은 조짐이 있어야 할 것 같고, 편두통의 고유한 특징이 조짐인 것 같고 그렇다(편두통은 조짐이지!). 나의 경우 편두통에 대해 어렴풋이 알고 있던 지식이 선입견이 되어 편두통 발견을 늦춘 꼴이 되었다.

편두통에 대한 선입견

히스테릭한 여성 ———— 나는 두통을 만성적으로 겪으면서도 내가 편두통 환자일 거라고는 한 번도 생각하지 않았는데, 좀더 내밀하게 마음을 살펴보면 편두통 환자이고 싶지 않았던 것 같다. 어떤 질병이든 질병에 대한 선입견이 있는데, 내게는 편두통과 히스테릭한 여성이 연결되었다. 특정 이유 없이 신경질을 내는 30~40대 여성, 특정 나이대의 날카롭고 예민한 성정의 여성 말이다. 나는 이 선입견이 어느 정도 사실을 기반해 생기지 않았나 싶다. 실제로 남성보다 여성이 3대 1 정도의 비율로 편두통을 더 많이 겪는다(전체 여성의 18%, 전체 남성의 6%가 편두통을 경험한 적이 있다). 또 두통 발생 빈도는 30~49세 여성과 남성에게서 가장 높게 나타난다. 곧 30~40대 여성이 편두통에 가장 취약한 집단인 것이다.

나약한 사람 ──────── 내심 예민하고 신경이 날카로운 사람이 쉽게 두통을 겪는다고 생각했다. 다른 사람은 신경 쓰지 않고 평탄히 넘어가는 일에 쉽게 스트레스를 받는 사람이 두통을 겪는 게 아닌가 하고 말이다. 마음을 편히 가지면서 스트레스를 받지 않으면 나을 것 같은 느낌. 두통은 마치 스스로 조절할 수 있는 기분 문제 같았다. 하필 편두통을 일으키는 유발 요인 중에 스트레스가 있다. 편두통은 여러 유발인자가 중첩되어 발생하므로 스트레스만으로 두통이 일어나는 건 아니지만, 어쨌든 스트레스라니. 이 얼마나 자책하기 좋은 이유인가.

사소한 일에 쉽게 영향을 받아 머리가 아프다고 생각하면 자신이 무척 나약한 사람이 된 듯한 기분이 든다. 은연중 나는 '마음을 곱게 쓰지 못하는 깐깐한 여성'이 걸리는 질병이 편두통이라 생각했다. 어쩌면 이 욱신거리는 통증이 내 나약함의 증거일지도 모른다고까지 여겼다.

뒤바뀐 전후 관계 ──────── 지금 와서 생각해보면, 이런 생각은 드러난 결과일 뿐 전후 관계가 뒤바뀌었을 수도 있겠다 싶다. 예민함과 날카로움을 타고나서가 아니라 두통에 시달려서 그렇게 될 수밖에 없었을지도. 편두통 환자가 겪는 만성적 고통이 이들을 그렇게 바꿔놓은 건지도 모른다. 편두통과 동반되는 가장 흔한 증상은 오심과 구토 그리고 빛, 소리, 냄새에 과민해지는 것이다. 몸이 아프면 대부분 평소보다 더 신경질적이고 쉽게 짜증을 낸다. 그런데 편두통 환자는 동반증상인 빛, 소리, 냄새 공포증으로 더 예민해지기 쉽다.

성격이 문제일까? ———— 타고난 성향 때문에 두통에 취약할 수도 있다. 그렇지만 설사 성격이 문제라 할지라도 그게 아파야 할 이유가 되지는 않는다. 정말 스트레스를 잘 받는 성격 때문에 두통이 발생한다 해도 오롯이 스트레스라는 하나의 요인만으로 두통이 생기지는 않기 때문이다(스트레스가 편두통을 일으키는 유발 요인 중 하나인 것은 사실이다). 스트레스를 많이 받고 싶어 하는 사람이 어디 있겠는가? 원치 않게 스트레스를 받는 것도 억울한데 아프기까지 하다니! 안타깝기 그지없다.

언젠가 생각했다(이때 처음으로 편두통에 대한 내 선입견을 어렴풋이 인식했던 것 같다). 내 아픔을 성격과 연관 짓지 않았으면 좋겠다고. 편두통은 성격이나 개인의 성향 탓에 생기는 게 아니라 단지 질병일 뿐이라고. 지금까지 잘 살아왔는데 갑자기 성격 탓을 한다면 할 말이 없다. 세상을 좀더 섬세하게 바라본다고 '그러니까 네가 아픈 거다'라는 소리를 듣는 건 너무 억울하지 않은가.

두통도 질병이다
IIIIIIIIIIIIIIIIIIIIIIIIIII

두통의 분류 ——— 두통은 크게 일차성(원발성) 두통과 이차성 두통으로 나눌 수 있다. 몸살, 비염 등 원인질환으로 두통이 생기면 이차성 두통이고 원인질환 없이 두통만 있다면 일차성 두통이다.

· 이차성 두통: 두통의 원인을 찾을 수 있는 경우(뇌질환, 감기·열, 약물, 술 등)

· 일차성 두통: 특별한 원인을 찾지 못하는 경우(편두통, 긴장성 두통, 군발두통, 삼차신경통 등)

이차성 두통의 원인으로 가볍게는 축농증, 중이염, 녹내장 등이 있고(녹내장을 가볍다고 할 수 있을지 모르겠지만 뇌질환에 비한다면야), 심각하게는 뇌종양, 뇌막염, 뇌혈관질환 등이 있다. 두통이 심하면 뇌출혈, 뇌졸중, 뇌동맥류가 있는 게 아닐까 생각하기 쉬운데, 실제로는 원인질환이 없는 일차성 두통인 경우가 많다.

머리가 너무 아프면 심각한 질환이 발생한 게 아닐지 겁이 나지만(무서운 질병이 여럿 떠오른다) 다행히 그런 일은 드물게 일어난다. 일차성 두통과 이차성 두통은 치료 방법과 예후가 다르기 때문에 정확하게 평가하고 분류해야 한다. 이차성 두통은 원인을 치료하면 두통이 저절로 해결되므로 원인을 찾는 게 무엇보다 중요하다.

통증을 다루는 방식 ——— 편두통은 대표적인 일차성 두통으로, 두통이 증상이자 질환이다. 그러나 일반적으로 두통은 질병이라기보다 일시적 증상으로 해석된다. 감기, 몸살 등을 원인으로 두통을 겪어보지 않은 사람이 거의 없기 때문에 이때의 경험에 따라 두통을 저절로 낫는 증상으로 생각하기 쉽다. 대다수가 흔히 겪는 두통은 가벼운 이차성 두통으로 한정되는 경우가 많기 때문이다. 두통만이 아니라 통증 대부분은 이런 시각으로 받아들여지고 치료된다. 나아야 하는 질병으로 인식하기보다 일시적 증상으로 받아들여지는 것이다. 따라서 통증을 막기 위해 진통제를 복용하는 것 이상의 적극적 행동을 취하는 게 쉽지가 않다. 이런 높은 장벽을 앞에 두고 일차성 두통을 인지하고 치료하기란 퍽 어려운 일이다.

이차성 두통의 함정 ———— 나 역시 이런 이차성 두통의 함정에 빠져 있었다. 내가 겪은 만성 통증 자체를 질환으로 인식하고 치료할 생각을 하지 못한 것이다(편두통은 중증의 일차성 두통이다). 자연히 발병과 치료 시기 사이의 간극은 벌어질 수밖에 없었다. 나는 가족이나 의사에게 내가 겪는 두통 증상을 말하는 데 그리 적극적이지 않았는데, 고통은 천명이라는 체념 어린 생각을 했다기보다는 일반적으로 통증을 대하는 방식을 어느 정도 알고 있었기 때문이다. 대부분은 진통제를 복용해 당장 통증을 느끼지 못하게 하는 것에 그치고 만다. 통증은 곧 사라지므로 심각하게 받아들이지 않는 것이다. 그저 '아프니까 신속하게 진통제를 먹는다'는 아주 간단한 명제로 설명될 뿐이고, 대부분 정말 그렇게 해결된다.

약국에서의 경험 ———— 처음 약국에서 근무했을 때는 환자가 하는 모든 말을 놓치지 않으려 했다. 그러나 시간이 지나면서 요령껏 나에게 필요한 내용만 뽑아서 들을 수 있게 되었다. 환자의 말을 듣고 적절한 질문을 던져 환자의 현재 상태에 대한 정보를 얻고, 환자를 힘들게 하는 원인을 파악·추정해서 의사에게 보낼지, 약을 처방함으로써 도울지 판별해야 한다.

환자는 약사에게 그리 많은 시간을 할애하지 않기에 이 모든 일은 짧은 시간에 이뤄져야 한다. 그래서 환자가 얼마나, 어떻게 힘든지보다 현재 어떤 약을 복용 중이고, 기저질환이 있는지, 어떤 증상으로 병원에 내원했는지, 지금 가장 불편한 증상이 무엇인지 등 눈앞의 일에 집중해야 했다.

이런 경험 탓인지 나는 보건계통 종사자는 환자의 통증이나 말에 별다른 관심이 없다는 선입견을 가지고 있다(약국은 대체로 가벼운 증상에 대응하기 때문에 더 그런 경향이 있을 수 있다). 이렇게 말하니 의학 전문가들이 차갑고 비인간적으로 비치는데, 이들의 궁극적 목표는 질환의 '완치' 혹은 '유지'이기에 환자의 '일시적 상태'를 덜 중요하게 여길 수 있다고 생각한다.

환자들은 각자 다른 방식으로 자기 상태를 알린다. 그중 가장 중요한 사항은 환자가 얼마나 힘든지보다 병이 어떻게 진행되고 있느냐에 대한 정보일 것이다. 내 고통을 공감하고 지지해주는 의료인을 만난다면 무척 기쁘겠지만, 그것이 의료인의 필수 역할은 아닐 것이다. 대부분의 환자가 개인이 인지한 불편한 증상 때문에 병원을 찾는다는 걸 떠올리면 이런 시각은 본말전도된 상황으로 보이기도 한다.

드러내지 못한 아픔 ──────── 통증의 빈도나 강도처럼 병의 진행 여부에 대한 임상적 판단은 의사의 전문 지식이 필요한 영역이다(약사가 병원 방문을 권할 때는 의사의 판단이 필요하다고 생각될 때다). 약국에서는 어떤 성분의 약을 왜 복용하는지보다(의사의 결정이다) 처방약이 어떤 효과를 내고, 처방약을 어떻게 복용해야 하는지 같은 결과적이고 방법론적 도움을 구해야 한다. 그런 의미에서 계속해서 통증을 호소하는 환자의 말은 내게 불필요한 소리처럼 들렸다. 병원을 방문하라는 말과 진통제밖에 줄 게 없으니 말이다.

이런 경험 때문인지 두통으로 고통스러울 때 나는 내 아픔을 격렬히 드러내지 못했다. 통증의 강도가 높아지면 그에 따라 더 강한 진통제를 쓰거나 약을 더 자주 복용했을 뿐이다. 걱정스러웠지만 내가 할 수 있는 일은 없어 보였다(병원에 갔어야지!). 다행인지, 불행인지 나는 꽤 오랫동안 일반 진통제로 통증 조절이 잘 되고 있었다. 그러나 야금야금 빈도가 늘고 강도가 세져 어느 순간을 기점으로 매일 얕은 두통이 지속되는 상황에 이르렀다. 심각성을 인지했을 때는 이미 견딜 수 없는 지경이었다. 더는 진통제가 말을 듣지 않았다.

도움이 되는 정보

||||||||||||||||||||||||

편두통의 특징

편두통은 발작적으로 발병하는 중등도 이상의 심한 두통이다. 반복적으로 재발하며(반복성, 지속성), 박동성 통증으로 맥박이 뛰듯 욱신거리게 아프다(맥박성, 박동성). 두통이 양쪽 모두 생길 수도 있지만 주로 머리 한쪽에 치우쳐 나타난다(일측성). 움직이면 통증이 더 심해지므로 눕거나 가만히 앉아 있는 게 좋다.

편두통 동반 증상

두통과 동반되는 흔한 증상으로는 오심·구토와 빛·소리·냄새에 대한 과민반응이 있다. 빛이나 소리에 노출되면 두통이 더 심해지기 때문에 환자는 어둡고 조용한 곳을 찾는다. 두통보다 동반증상이 더 힘든 경우도 있다.

· 신경학적 증상: 광공포증(빛), 음성공포증(소리),

후각과민증(냄새)

· 정신학적 증상: 불안, 우울, 병적 쾌감, 어지러움

· 자율신경적 증상: 다뇨, 설사, 변비

· 체질적 증상: 경직된 목, 하품, 목마름, 음식 갈망,

식욕부진

편두통 진단 기준

앞서 편두통은 무조짐 편두통과 조짐 편두통으로 분
류할 수 있다고 했다. 구체적으로 다음과 같다.

· 전조증상이 없는 편두통Migraine Without Aura＝무조
짐 편두통＝단순 편두통

A. 진단 기준 B~D를 충족하는 발작이 최소한 5
번 발생함

B. 두통 발작이 4~72시간 지속됨(치료하지 않거
나 치료가 제대로 되지 않았을 경우)

C. 다음 4가지 두통 특성 중 최소한 2가지를 가짐

1. 편측 위치: 한쪽 머리에 발생함

2. 박동 양상(맥박성, 박동성): 맥박이 뛰는 듯
한 통증이 있음

3. 중등도 또는 심한 통증 강도: 일상생활을
못하거나 어렵게 함

4. 일상의 신체활동(계단 오르기 등)에 의해 악
화되거나 이를 회피하게 됨

D. 두통이 있는 동안 최소한 다음 1가지를 가짐

1. 오심 그리고/또는 구토

2. 빛 공포증과 소리 공포증

· 전조증상이 있는 편두통Migraine With Aura＝조짐 편
두통＝고전적 편두통

A. 진단 기준 B와 C를 충족하는 발작이 최소한 2
번 발생함

B. 완전히 가역적인 조짐 증상 중 1가지 이상을
가짐

1. 시각: 가장 흔히 나타나는 형태로 조짐 편
두통의 90% 이상에서 발생함

2. 감각

3. 말 그리고/또는 언어: 일반적으로 실어증 형태가 드물게 나타남

4. 운동

5. 뇌간

6. 망막

C. 다음 6가지 특징 중 최소한 3가지를 가짐

1. 최소한 1가지 조짐이 5분 이상에 걸쳐 서서히 발생함

2. 2가지 이상의 조짐이 연속해서 발생함

3. 각 조짐 증상은 5분에서 60분까지 지속됨 (조짐은 1시간 이상 지속되지 않음)

4. 최소한 1가지 조짐은 편측성

5. 최소한 1가지 조짐은 양성증상: 섬광암점, 따끔거림 등

6. 조짐이 두통과 동반되거나 조짐 60분 이내에 두통이 따라 나타남(조짐 후 1시간 이내 두통을 수반)

나의 사례

나는 전조증상이 없는 무조짐 편두통을 앓고 있다. 발작 횟수는 진단 기준인 다섯 번은커녕 셀 수 없이 많고, 한 번 발작이 일어나면 보통 2~3일간 지속된다. 진단 당시에는 매일 머리가 아팠는데, 두통의 일반적 발작 시간인 72시간을 넘는 '편두통 중첩 상태'였다. 편두통과 긴장성 두통 둘 다 앓고 있어서 매일 아팠던 것이다.

나는 편두통의 4가지 특징 중 2가지를 만족하는데, 심한 통증 때문에 일상생활이 힘들고, 일상적인 신체활동을 회피하게 된다는 부분이다. 다른 2가지 특징인 편측성과 박동성은 충족할 때도 있고 아닐 때도 있다. 편측성과 박동성 두 가지는 편두통 진단 이후에야 처음 나타났는데, 나는 보통 양쪽 다 아픈 편이다. 대부분 욱신거리거나 조이는 느낌, 지끈거리는 증상으로, 맥박이 뛰는 듯한 증상은 드물게 느끼고 있다. 편두통과 동반되는 대표 증상인 오심과 구토는 거의 없고 빛과 소리에는 예민한 편이다.

3장

편두통과
진통제

두통이 발생했을 때 사용하는 급성기약

||||||||||||||||||||||||||||||||||||||||||||||||||||||||

진통제의 분류 ———— 진통제는 처방전 없이 '약국에서 바로 구매할 수 있는 진통제'와 '병원에서 처방받아 구매할 수 있는 진통제'로 간단히 분류할 수 있다. 그러나 이 둘은 따로 떨어져 있지 않고 약국에서 바로 구매할 수 있는 약을 병원에서도 많이 처방한다. 내 경우 두통 초기에는 약국에서 바로 살 수 있는 일반적인 진통제로 통증을 조절했다. 주로 이부프로펜Ibuprofen을 복용했다.

처방전 없이도 구할 수 있는 진통제 ———— 의사의 처방전 없이 구할 수 있는 진통제는 크게 두 종류로 나뉜다. 바로 아세트아미노펜Acetaminophen과 NSAIDsNon-Steroidal Anti-Inflammatory Drugs계 진통제다. 두 진통제는 두통, 생리통, 치통, 근육통 등 거의 모든 통증에 1차적으로 사용되며, 경증에서 중증 편두통 완화에 효과적이다. 두 진통제의 차이점은 소염 작용의 유무다. 아세트아미노펜은 열이 나거나 통증이 있을 때 사용하는 해열진통제로 소염 작용은 없다. NSAIDs계는 해열진통 작용에 더불어 소염 작용까지 있다. NSAIDs계 진통제로는 이부프로펜, 덱시부프로펜Dexibuprofen, 나프록센Naproxen, 케토프로펜Ketoprofen, 디클로페낙Diclofenac 등이 있다.

마약성 진통제 ———— 응급실에 가거나 입원을 하면 통증 조절을 위한 선택지가 하나 더 늘어난다. 바로 '마약성 진통제'다. 마약성 진통제는 과량 사용의 위험과 높은 의존성으로 의사의 처방이 있어야 한다. 그러나 통증이 있을 때 투여한다는 점에서 '마약성 진통제'와 '비마약성 진통제' 둘 다 진통제 범주를 벗어나지 않는다. 두 진통제의 차이점은 마약류의 오남용, 금단증상, 부작용 등의 위험으로 마약성 진통제의 사용이 좀더 엄격하게 제한되고 관리된다는 점이다. 따라서 마약성 진통제를 취급하는 병원에서는 마약류 관리약사가 상주해 매일 입고되는 약과 출고되는 약의 종류와 개수를 확인한다.

통증은 대상자의 주관적 경험이다. 환자가 통증을 느낄 때 진통제를 복용하는데, 일반 진통제로 통증이 조절되지 않으면 마약성 진통제를 시도해볼 수 있다. 그러나 마약류는 보통 응급실에서 투약하며 우선적으로 환자에게 사용하지는 않는다(난치성 편두통 치료에 효과가 있지만 2차 또는 3차 선택약물로 사용된다).

편두통용 진통제 ──────── 진통제는 약국과 병원에서 흔히 취급하는 비마약성 진통제(아세트아미노펜, NSAIDs)와 의사의 처방이 필요한 마약성 진통제가 있다고 했다. 그런데 편두통과 관련해서는 하나의 선택지가 더 존재한다. 바로 '편두통용 진통제'다. 편두통용 진통제는 신경과에서 처방받을 수 있으며, 과거에는 에르고타민Ergotamine을 처방했지만 근래에는 부작용이 더 적은 트립탄Triptans을 주로 사용한다. 트립탄은 기존 진통제와 다른 방식으로 통증을 완화하는데, 두통이 있을 때 확장된 혈관을 수축시켜 일시적으로 통증을 줄인다.

· 경증 - 중증 편두통 발작의 1차 선택약: 아세트아미노펜, 이부

프로펜, 나프록센

· 중증 – 심한 편두통 발작의 1차 선택약: 트립탄

항구토제 ——— 항구토제는 오심과 구토를 완화시키는 약물로 갑작스럽게 편두통이 왔을 때 응급실에서 항구토제를 정맥주사하기도 한다. 머리가 아픈데 진통제가 아니고 웬 항구토제냐 싶지만, 진통제 투여 없이 항구토제만으로도 증상이 완화되는 경우가 의외로 많다(편두통과 동반되는 대표 증상이 오심과 구토임을 안다면 이해가 쉽다).

편두통으로 구토가 발생했을 때 1차 선택약으로 메토클로프라미드Metoclopramide 10mg 경구투여가 권장된다. '오심을 동반한 급성 편두통 발작'에도 항구토제인 메토클로프라미드가 사용된다. 메토클로프라미드와 NSAIDs계 약물의 병용 투여는 NSAIDs 흡수를 증가시켜 보다 빠르고 효과적으로 두통을 완화시킬 수 있다.

그동안 시도해본 약들
||||||||||||||||||||||||||||||||

편두통에 사용한 진통제와 그 효과 ——— 신경과에 방문하기 전 내가 복용한 약은 대체로 약국에서 구할 수 있는 일반

의약품이었다. 그러나 시도해본 처방약도 몇 있는데, 이를 포함해 편두통을 진단받기 전 통증 조절을 위해 내가 사용한 약에 대해 말해보겠다.

· 일반의약품: 아세트아미노펜, NSAIDs계 진통제
· 처방의약품: 울트라셋, 신경안정제, 근육이완제

1. 타이레놀

아세트아미노펜과 NSAIDs계 진통제는 경증 – 중증도 편두통의 1차 선택약이다. 우리가 익히 알고 있는 타이레놀 성분이 바로 아세트아미노펜이다. 내 경우 아세트아미노펜은 편두통 완화에 효과가 없었다. 오래전 복용했을 때는 효과가 있었던 것 같은데, 두통이 어느 정도 진전된 다음부터는 전혀 효과를 보지 못했다. 두통이 있을 때 타이레놀을 복용하면 '내가 진통제를 먹었나?' 의심이 들 정도로 통증이 전혀 잦아들지 않았다.

2. NSAIDs계 진통제

NSAIDs계 진통제는 이부프로펜, 덱시부프로펜, 나프록센, 케토프로펜, 디클로페낙 등 여러 종류가 있다. 약국에서 구매할 수 있는 거의 모든 진통제가 NSAIDs계에 속한다(처방만 가능한 NSAIDs도 있다). 어떤 성분이 모든 사람에게 일관된 효과를 보이지는 않아서 만약 특정 성분을 복용하고도 효과가 없다면 다른 성분의 NSAIDs를 복용하도록 하자. 나는 여러 NSAIDs 중 이부프로펜, 나프록센이 효과가 좋았고, 아세클로페낙과 록소프로펜은 효과를 체감하지 못했다. 또 덱시부프로펜은 이부프로펜보다 위장관 부작용이 덜한 장점이 있어서 곧잘 시도해봤는데, 이상하게 이부프로펜보다 효과가 덜하다는 느낌을 지울 수 없었다. 그래서 나는 속이 불편할 때도 덱시부프로펜을 복용하지 않고 이부프로펜을 복용한다.

NSAIDs는 편두통용 진통제인 트립탄만큼이나 편두통에 효과적이다(이부프로펜과 나프록센은 경증 – 중증 편두통의 1차약이다). 나는 이부프로펜을 먹다가 신경과를 다니면서 나프록센으로 변경했다. NSAIDs는 '생리로 인한 편두통'에도 효과적이다. 생리 기간에 편두통을 겪는 여성이 많다. 두통, 생리통 중 하나만 있어도 NSAIDs를 복용하는데, 하나의 약으로 두통과 생리통 모두에 효과를 볼 수 있으니 일석이조라 할 수 있다(애초에 머리와 배 둘 다 아프다는 상황 자체가 참 애석하지만 어쨌든 좋은 점을 찾자면 그렇다).

3. 울트라셋(아세트아미노펜+트라마돌)

내과나 정형외과에서 타이레놀보다 강한 진통제를 처방하기도 하는데, 그 하나가 울트라셋이다. 울트라셋은 중등도－중증의 통증에 사용하는 진통제로 타이레놀 성분인 아세트아미노펜과 마약성 진통제인 트라마돌Tramadol의 복합제다. 2015년 미국두통학회에서 발표한 '성인 급성 편두통 치료제 권고 분류'에서 아세트아미노펜과 NSAIDs계 진통제는 레벨 A에 속해 유효성이 입증되었는데, 울트라셋은 아세트아미노펜+트라마돌 조합으로 레벨B에 속한다.

나는 내과에서 처방받고 남아 있던 울트라셋을 복용한 적이 있다. 마약성 성분이 있으니 통증이 잦아들 거라 기대를 많이 했지만 처음 한두 번만 효과가 있었고 그 이후로는 효과를 체감하지 못했다. 두통이 너무 심해졌을 때 복용해서 그런 게 아닌가 싶기도 하다(그때는 어떤 진통제도 듣지 않았다). 트라마돌은 아편계 진통제 중에서는 강도가 약한 편으로 모르핀 Morphine의 6000분의 1배, 코데인Codeine의 10분의 1배 효능을 보인다.

4. 미가펜(아세트아미노펜+이소메텝텐+디클로랄페나존)

미가펜은 약국에서 판매하는 편두통용 진통제로 경증 편

두통에 효과적이다. 그러나 지금은 생산이 중단되어 구할 수 없다. 진통제인 아세트아미노펜, 혈관수축제인 이소메텝텐Isometheptene, 진정제인 디클로랄페나존Dichloralphenazone의 복합제다. 나는 두통이 너무 많이 진전되었을 때 이 약을 복용했는데, 처음 몇 번만 효과가 있었고 나중에는 전혀 효과를 보지 못했다.

5. 신경안정제(진정제), 근육이완제

신경안정제는 불안과 긴장을 완화시키는 약으로 주로 공황장애나 불안 증상에 사용된다. 이 외에도 심한 통증이나 신경통 등에도 광범위하게 쓰이는데, 기존 진통제로 통증 조절이 잘 되지 않을 때 진통제+신경안정제 조합을 처방하기도 한다. 이때 신경안정제는 통증 경감과 근육 이완을 목적으로 사용된다.

두통이 있을 때 목이 뻣뻣하고 어깨가 뭉치는 등 목과 어깨가 같이 아픈 경우가 많아서 근육의 경직을 풀어주는 근육이완제가 도움이 되기도 한다. 나는 예전에 치과에서 처방받고 남은 약을 복용했는데, 신경안정제로 디아제팜Diazepam 2mg, 근육이완제로 아플로쿠알론Afloqualone 20mg를 먹었다. 그러자 약국에서 구매할 수 있는 다른 어떤 약에도 반응하지 않았던 두통이 잦아들었다. 안타깝게도 이 또한 며칠뿐이었다. 얼마 못 가 두통이 다시 이어졌다.

이후 신경과에서 편두통 예방약 복용과 급성기 치료를 병행하면서 근육이완제를 처방받은 적이 있다. 제품명은 엑소페린이고 성분명은 에페리손Eperisone이다. 이 약은 근육이 많이 뭉쳐 있을 때 1정(50mg)을 복용했다.

진통제의 효과를 높이려면
||||||||||||||||||||||||||||||||||||||||||||

진통제를 복용했는데도 효과가 없다면? ———— 진통제를 이것저것 복용했는데도 두통이 멈추지 않는다면 막막할 것이다. 약을 많이 먹으면 좀 나아지려나 싶을 수도 있다. 그러나 통증이 잦아들지 않는다고 해서 약을 과량 복용해서는 안 된다. 예를 들어 타이레놀은 소아, 고령자, 임산부에게 우선적으로 고려되는 안전한 성분이지만 허용량을 초과해 복용하면 간독성의 위험이 따른다.

진통제는 복용량에 비례해 끝없이 진통 효과가 증가하지 않는다. 용량을 늘려도 그 효과가 증가하지 않는 순간이 온다는 뜻이다. 진통제 과량 복용은 원하는 만큼의 통증 완화 효과는 없으면서 간독성이나 신독성의 위험만 높이기 때문에 이득 없이 부작용만 증가시킨다. 그러므로 진통제 효과가 부족하다면 다른 방법을 찾아봐야 한다(원인질환 찾기, 병원에서 처방약 받기, 진통제 병용요법 등).

진통제의 하루 최대 투여량 ———— 솔직히 하루 허용량을 초과해 진통제를 먹는 것도 쉽지 않다. 보통 사람이라면 한 알로도 효과를 볼 수 있는 진통제를 타이레놀 500mg은 8알, 이부프로펜 200mg은 16알, 덱시부프로펜 300mg은 4알, 나프록센 275mg은 5알을 복용해야 허용량을 넘기기 때문이다. 진통제의 하루 최대 투여량은 다음과 같다.

· 아세트아미노펜: 4000mg/일

· 이부프로펜: 3200mg/일

· 덱시부프로펜: 1200mg/일

· 나프록센: 1375mg/일

진통제에도 내성이 있을까? ———— 예전에는 진통제 한 알로도 통증이 조절되었는데 더이상 한 알로 효과를 볼 수 없다면 진통제에 내성이 생겨서일 거라고 생각하기 쉽다. 그러나 그렇지 않다. 내성이 발생하는 건 마약성 진통제의 경우이고,

우리가 일반적으로 복용하는 진통제에는 내성이 없다. 같은 성분, 같은 용량으로 이전과 똑같이 복용했는데도 계속 머리가 아프다면 진통제 내성으로 약효가 떨어졌다기보다 통증의 강도가 세졌다고 해석하는 게 옳다.

통증이라는 알람이 자주 울린다면 이는 내 몸에 문제가 있다는 뜻이다. 원치 않는 알람이 울리면 당장 끄기 바쁜데, 몸이 보내는 신호의 관점에서 바라볼 때 의미 없는 알람은 없다. 잠시 멈춰 서서 몸의 요구를 잘 살펴야 한다. 그리고 통증의 원인을 찾아 해결해야 한다. 아프다고 약만 계속 먹는 건 결코 좋은 해결 방법이 아니다.

진통제 병용요법 ———— 한 가지 약으로 체감할 만한 효과를 보지 못했다면 다른 약을 추가로 복용하는 방법을 시도해 보는 것도 좋다. 각기 다른 기전의 진통제를 동시에 복용하면 진통 효과를 증가시킬 수 있다. 예를 들어 하루에 이부프로펜 400mg 10알을 복용한다면, 이부프로펜 용량을 줄이고 아세트아미노펜을 추가로 복용하는 게 더 합리적인 선택이 될 수 있다. 아세트아미노펜과 NSAIDs계 진통제는 작용하는 수용체가 달라서 병용 투여했을 때 부작용 증가 없이 효과를 높일 수 있다. 마찬가지로 편두통이 심할 때 다른 기전으로 작용하는 진통제 두 가지를 병용하면 효과를 높일 수 있다. 이를테면 다음과 같다.

· 아세트아미노펜+NSAIDs계 진통제

· 트립탄+아세트아미노펜

· 트립탄+NSAIDs계 진통제

트립탄과 NSAIDs계 진통제는 편두통 해소에 도움이 되는 가장 강력한 조합이다. 국내에는 트립탄과 NSAIDs 복합제가 판매되고 있지 않아서 각각 처방받아 복용해야 한다. 나는 조믹과 나프록센을 같이 먹는다.

진통제는 언제 복용해야 할까? ———— 진통제는 두통이 시작되었을 때 가능한 한 빨리 먹는 게 좋다. 약효가 나타나려면 보통 20~30분 정도 걸리며(최대 1시간), 정제보다 연질캡슐이 흡수 속도가 더 빠르다. 그러나 나는 정제나 말랑말랑한 연질캡슐이나 약효가 나타나는 속도 면에서 차이를 잘 느끼지 못해 제형은 따지지 않고 복용하는 편이다.

도움이 되는 정보
||||||||||||||||||||||||||

NSAIDs계 진통제의 부작용

NSAIDs계는 염증, 발열, 통증을 매개하는 화학물질인 프로스타글란딘Prostaglandin의 생성을 저해해 소염, 해열, 진통 작용을 갖는다. 그러나 염증을 일으키는 물질만이 아니라 위점막 보호 기능이 있는 프로스타글란딘의 생성 또한 같이 저해하기 때문에 위장관 출혈이라는 부작용이 따른다. NSAIDs계 약물은 성분마다 정도의 차이는 있지만 위와 식도에 해롭고, 복용했을 때 쉽게 속이 쓰릴 수 있다. 그러므로 매일 또는 장기간 복용하는 것은 피하고 가능하면 식후에 먹는 게 좋다(나는 약국에서 진통제를 권할 때 위장관 부작용이 적은 덱시부프로펜을 추천한다). 또 심근경색 재발 위험을 증가시키므로 심근경색 병력이 있는 환자는 삼가는 게 좋다.

4장

처음 방문한
신경과

신경과에 가기 전, 그때 그 상황

아슬아슬했던 그때 ———— 녹내장이 아니라는 진단을 받고 한동안 안과를 찾지 않았다. 증상은 여전했지만 안과에는 갈 만큼 갔다 싶어서다. 그러나 안과 증상이 더 심해지면서 머리가 심각할 정도로 아파와서 딱 한 번만 더 안과에 가보고 그다음에 신경과를 방문해보기로 마음먹었다. 마지막까지도 나는 신경과보다 안과를 우선했다.

　　진통제를 복용해도 통증이 전혀 잦아들지 않아 하루 종일 두통을 달고 살던 시절이다. 통증이 너무 심하게 계속되니 큰 병이 있는 건 아닌지 덜컥 겁이 났다. 아니라면 이렇게까지 아플 수는 없을 것 같았다. 주말이 오기만을 손꼽아 기다렸다. 평일에 휴가를 내고 병원에 갈 수 있었지만 그때는 월차를 낼 생각을 하지 못했다. 답답하게 보이지만 다른 생각을 할 여력이 없었던 것 같다. 눈이 반쯤 가려져 있었다고 할까.

외로움 ———— 일을 어찌어찌 끝내고 집에 오면 누워서 시간을 보냈다. 밖에 오래 있을 수 없어서 약속은 거의 잡지 않았다. 2시간이 한계였는데 계획보다 일찍 돌아오는 일이 빈번해지자 자연스럽게 약속을 줄이게 된 것이다. 출퇴근이 아닌 외출은 산책으로 한정되었고, 그마저 소리에 예민해진 탓에 어려움이 많았다. 편두통 진단 기준 가운데 하나인 '중등도 또는 심한 통증 강도: 일상생활을 못하거나 어렵게 함'을 하루하루 뼈저리게 느껴야 했다.

집에서 발생하는 생활소음도 힘들었다. TV 소리는 물론이고 가족의 대화 소리조차 견디기 어려웠다. 나에게 말을 거는 것조차 싫었다. 혼자 있고 싶었다. 여느 때와 같이 머리가 아프다는 이유로 신경질을 부리는 내가 가족에게는 이상하게 보였을 것이다. 나도 마찬가지였다. 아무도 나를 이해하지 못하는 것 같았으니까.

하루는 퇴근하고 집에 들어가기 싫어서 근처 공원을 뱅글뱅글 돌았다. '내가 지금 뭐 하고 있지?' 싶다가도 차가운 공기를 맞으니 조금 나아지는 것 같기도 했다. 손님 하나 없는 식당에 들어가 혼자 저녁을 먹었다. 머리는 그렇게 아픈데 배는 또 고팠다. 주변에 사람이 없어서 조용하니 살 것 같았는데 아무도 없으니 또 외로움이 밀려왔다. 밥을 먹는데 눈물이 찔끔찔끔 났다. 또다시 '내가 뭐 하고 있지?' 싶고, 혼자 청승 떠는 게 웃기기도 했다. 그 기분을 떨쳐내려고 얼른 집에 들어가 방 문을 닫고 불을 껐다. 소음과 외부 자극으로부터 나를 차단했다. 아프고 힘들고 서러운 감정이 밀려왔다. 모든 게 힘이 들었다. 통증을 견디는 것만으로도 힘에 부쳐서 다른 무언가를 할 수 없었고, 결국 나는 입을 다물었다. 내가 이렇게 아픈 걸 아무도 알지 못했다.

마지막으로 방문한 안과 ──────── 집 근처 안과로 터덜터덜 걸어갔다. 지끈거리는 머리를 애써 무시하며 뭐라도 알아오겠다고 다짐했다. 햇빛이 눈 부셔 손으로 그늘을 만들며 걸음을 재촉했다. 이번에 만난 의사는 30~40대 여자 선생님이었는데, 역시 눈에는 문제가 없다고 했다. 이대로 나갈 수 없어서 나는 안과적 증상과 함께 두통이 심하다고 말했다. 그러자 선생님은 젊은 여성의 경우 눈의 이상이 편두통 때문일 확률이 있으니 신경과에 가보라고 권유했다. 다른 의사처럼 그냥 내보내도 되었을 텐데 한마디라도 더 해주어서 너무 고마웠다. 정처 없이 헤매던 와중 마침내 올바른 이정표를 찾았구나 싶었달까. 그리하여 드디어 나는 내가 가야 할 곳이 신경과라고 확신했다. 매일 머리가 아프고 진통제는 더이상 듣지 않게 된 시점이었다. 그렇게 내가 할 수 있는 게 아무것도 없을 때쯤 신경과를 찾게 되었다. 안타깝고도 긴 시간이었다.

평소 두통을 앓던 사람이 급격히 짜증이 늘고 신경질적으로 변한다면, 외출이 현저히 줄고 자꾸 혼자가 되려 한다면 이는 병원을 찾아야 할 강력한 요인이다. 나는 환자에게서 나타나는 이런 행동 변화가 두통의 강도와 빈도를 알려주는 간접적 지표가 될 수 있다고 생각한다.

접근성이 낮은 신경과 ──────── 길을 가다 보면 병원이 많이 보이는데 신경과를 본 적은 없었다. 신경과는 주변에서 찾기 힘들고 실제로도 그렇게 많지 않다. 다른 병원에 비해 접근성이 떨어진다. 또 신경과에서 어떤 질병을 다루는지도 쉽게 떠오르지 않는다. 신경과에 가본 적이 없고, 주변에 가본 사람도 없어서 어떤 증상으로 신경과를 찾는지 잘 알지 못했다.

막상 신경과에 가려니 어느 병원으로 가야 할지 몰라 우선 3차 병원에 문의해보기로 했다. 몇 군데 대학병원에 전화를 걸었다. 가능한 한 빨리 예약을 잡고 싶었는데 보통은 한 달, 길게는 두 달 넘게 기다려야 했다. 제일 빠른 곳도 열흘 정도 걸렸는데, 교수나 부교수가 아닌 저연차 선생님이라 가능한 거였다. 선택의 여지가 없던 나는 가장 빨리 의사를 만날 수 있는 병원으로 예약했다. 운 좋게도 집에서 가까운 병원이었다.

첫 신경과 방문, 우울증약을 처방받다

처음 만난 신경과 선생님 ——— 2주 가까이 기다린 끝에 드디어 신경과 선생님을 만났다. 신경과 문턱이 높았던 것에 비해 진료는 싱거웠다. 나는 매일 두통에 시달리고, 진통제로는 통증이 잦아들지 않는다고 말했다. 그리고 어떤 증상에 대해 진지하게 설명했는데, 이 증상이 내가 겪고 있는 상황의 심각성을 잘 드러낸다고 생각해서다.

그때 나는 휴대전화를 사용하는 것조차 힘겨웠다. 휴대전화에서 나오는 빛이 눈부시기도 했지만, 화면을 보려고 고개를 숙이거나 시야를 내리면 어지러움이 심해져서다. 단 몇 초도 똑바로 화면을 바라볼 수 없을 만큼 어지러움이 밀려와서 짧은 순간 내용만 재빨리 확인하는 게 고작이었다.

끊이지 않는 두통과 심한 어지럼증에 대해 이만하면 잘 전달했다 여겼다. 그러나 내 생각과 달리 아프다는 어필을 제대로 하지 못했나 보다. 절절한 감정이 부족했던 걸까. 생각해보면 힘이 하나도 없어서 상황을 표현하는 데 의욕적이지 않았던 것 같기도 하다.

그렇게 생전 처음 방문한 신경과에서 편두통 예방약을 하나 처방받았다. 집에 오는 길, 작고 소중한 핑크색 약을 바라보며 (우선 신경과를 갔다 왔으니) 한시름 놓은 것과 동시에 그동안 이 쉬운 걸 하지 않아서 이렇게 힘들었나 싶었다. 첫 진료 후 뇌CT 검사를 예약했는데 대기가 많아 열흘가량 기다려야 했다.

어떤 믿음 ───── 내 증상을 어떻게 표현해야 할지 그때는 잘 몰랐던 것 같다. 사실 어떻게 설명해도 부족했을 것이다. 병원을 너무 늦게 갔으니까. 이때만 해도 나는 의사가 전능하다고 믿었던 것 같다. 내 고통을 알아줄 거라고. 증상만 보고도 내가 얼마나 아픈지, 얼마나 힘든지 알 수 있을 거라고. 그리하여 나에게 맞는 약을 처방해줄 거라고.

의사는 젊은 여성 환자에게 잘 듣는 핑크색 편두통약을 처방했다. 그러나 동그란 모양의 귀여운 알약을 보고 있자니 내가 너무 간결하게 상황을 설명한 건 아닌가 하는 생각이 들었다. 증상을 다 말하지 못해서 상황의 심각성을 의사가 미처 알아채지 못한 것 같아 당혹감마저 일었다. 고작 약 한 알로 효과를 보기에는 내 상태가 정말 심각하다고 느꼈기 때문이다. 예상대로 핑크색 약은 의미 있는 효과를 가져다주지 못했다. 만약 효과가 있었다면 다음 진료일까지 버티지 못하고 다른 신경과를 찾는 일은 없었을 테니까.

처음 처방받은 약, 센시발 ———— 편두통이 한 달에 2~3차례 이상 있다면 예방약 복용을 권장한다. 편두통 예방약은 과민한 뇌의 흥분을 낮춰 두통을 줄여준다. 나는 신경과에서 센시발이라는 약을 20정 처방받았고 하루 한 번 저녁에 복용했다. 센시발은 노르트립틸린Nortriptyline 성분의 항우울제다. 신경전달물질 재흡수를 차단해 뇌 안의 신경전달물질 농도를 높게 유지시킴으로써 우울 상태를 치료한다. 센시발은 우울증약이지만 편두통 예방약으로도 쓰인다. 예방 치료 목표대로라면 두통의 빈도, 강도, 지속시간이 줄어야 하는데, 나는 그렇지 못해서 결국 다음 내원 때 다른 약으로 변경했다.

나 우울증 환자야? ──────── '편두통으로 병원에 갔는데 항우울제를 처방받다니. 아픈 건 머리인데 왜 우울증약을 처방하지? 나 이제 우울증 환자인 건가?' 하는 생각에 마음이 심란했다. 사실, 편두통 예방약은 따로 있지 않고 우울증약, 뇌전증약, 혈압약 등 다양한 성분이 편두통 예방약으로 쓰인다. 기존에 다른 질병에 사용 중인 약이 편두통에도 효과가 있어 편두통약으로도 쓰이는 것이다. 그러니 편두통 때문에 항우울제를 먹는 게 그리 놀라운 일은 아니다. 내가 처방받은 항우울제 센시발도 편두통 예방약으로 널리 쓰이는 약 중 하나였다.

그러나 그때 나는 '왜 하필이면?' 싶었던 것이다. '다른 약도 많은데, 왜 하필 항우울제지? 내가 세로토닌이 부족해 보이나? 내가 우울해 보이나?' 하는 묘한 반발이 일었다. 두통이 와서 우울한 사람이 된 게 아니라, 우울해서 두통이 생긴 사람이 된 기분이었다.

약사 친구에게 편두통약으로 항우울제를 먹게 되어 속상하다는 이야기를 건넸다. 친구는 통증이 심해지면 우울감이 동반되기 마련이니 우울 증상을 조절해서 좋고, 임상적으로 항우울제가 만성 통증에 좋으니 잘 복용해보라고 위로해주었다. 마음이 불편한 건 불편한 거고, 어쨌든 처방받은 약은 잘 챙겨 먹을 생각이었다. 친구와 대화 후 이전보다 거부감이 줄어서 말 한 마디가 이렇게 중요하구나 싶고, 한결 마음이 편해졌다. 친구가 고마웠다.

도움이 되는 정보

편두통 치료

편두통 치료는 급성기 치료와 예방 치료 두 가지로 나뉜다. 증상이 심하지 않다면 진통제를 복용하는 급성기 치료로 충분하다. 그러나 급성기 치료로도 통증이 조절되지 않는다면 예방 치료를 고려해야 한다.

- 급성기 치료: 편두통이 발생하거나 발생하려고 할 때 최대한 빨리 약을 복용해 두통과 동반 증상을 줄이는 것
- 예방 치료: 편두통이 잦을 경우 두통 빈도와 강도를 50% 이상 경감시키기 위해 매일 규칙적으로 예방약을 복용하는 것

편두통 예방약의 사용

편두통 예방약은 두통 빈도가 잦고 통증 조절이 힘들
때 복용한다.

- 두통 빈도가 잦을 때: 한 달에 2번 이상
- 두통이 지속적일 때: 빈도·강도의 증가, 약하게
  계속 두통이 있는 경우
- 급성기 치료에도 두통이 반복되어 일상생활이 힘
  든 경우
- 진통제에 반응하지 않는 두통: 진통제 복용 후 2시
  간이 지나도 두통이 사라지지 않을 때

센시발의 특징

센시발의 특징은 다음과 같다.

- 센시발은 TCA 계열 항우울제로 약효가 나타나려
  면 몇 주의 시간이 필요하다.
- 센시발 복용으로 통증이 경감되는 사람도 있지만

효과가 없는 사람도 있다.

· 처음 센시발을 복용할 때 의사로부터 전달받았던 주의사항은 입마름 증상이었다. 입이 건조해지는 증상은 약을 계속 복용하다 보면 완화된다.

· 약 복용 후 어지럽거나 졸음이 올 수 있으므로 저녁 복용을 권한다. 변비가 나타날 수 있으며 녹내장 환자는 복용하지 않아야 한다.

· 뇌에 작용하는 약이니만큼 정신상태나 행동에 변화가 나타나는지 살펴보는 것이 좋다.

5장

편두통을
진단받다

갑작스런 입원

||||||||||||||||||||||

다른 병원에 가다 ──────── 첫 신경과 방문 이후 처방받은 센시발을 매일 복용했다. 다음 진료는 2주 뒤였고 그 사이 뇌CT 촬영이 예정되어 있었다. 이대로 순조롭게 시간이 흘렀다면 얼마나 좋았겠냐만, 얼마 지나지 않아 도저히 다음 검진일까지 버틸 수 없다는 걸 알았다. 머리가 미칠 듯이 아파서 단 며칠이라도 빨리 의사를 만나야 했다. 첫 진료를 본 대학병원의 예약일을 앞당길 방법이 없어 어쩔 수 없이 다른 병원을 찾기로 했다.

편두통 예방약은 제대로 효과를 보는 데 시간이 걸린다. 2~3개월 정도는 복용한 뒤 효과를 확인해야 하며 조기에 섣불리 중단하지 않아야 한다. 그러나 나는 센시발 복용 후 일주일도 채 지나지 않아 다른 병원에 가야 하는 상황이 되어버렸다. 편두통 예방약의 효과를 확인하기 전이었지만, 당장 고통이 너무 심했기에 불가피한 선택이었다. 하루도 견디기 힘들었다.

그 병원을 선택한 이유 ───── 가까운 신경과가 어디에 있는지 몰라 인터넷으로 찾아봤다. 집 근처 병원을 알아봤지만 마땅치 않아 집과 멀리 떨어진 곳으로 갈 수밖에 없었다. 결과론적인 말이지만 (다른 곳도 아니고) 병원을 인터넷으로 찾는다는 게 얼마나 무모한 일인지 알게 되었고, 누군가 그렇게 한다면 뜯어말리고 싶다. 그러나 다시 그때로 돌아간다 해도 다른 뾰족한 수는 없었을 것 같다.

아픈 몸을 이끌고 먼 곳까지 가는 게 불편하긴 했지만 그 병원을 택한 데는 나름 이유가 있었다. 신경과를 검색하던 중 한 블로그에서 신경과 전문의가 편두통에 대해 쓴 글을 읽었다. 거기에는 그동안 여러 안과의사가 간과했던 안통과 초점이 잘 잡히지 않는 안과적 증상 그리고 어지럼증을 겪는 편두통 환자에 대한 글이 여럿 있었다. 나와 유사한 증상의 환자가 내원한 걸 보니 눈앞에 정답이 아른거리는 것 같았고 나도 빨리 완쾌할 수 있을 듯했다. 어렴풋이 보이는 실마리에 희망을 품었다.

기다림 ———— 4일 내내 두통이 지속되었다. 내가 가진 진통제로는 통증이 잦아들지 않았다. 그런데도 나는 회사를 쉬지 않았고 꾸역꾸역 토요일이 어서 오기만을 기다렸다. 시간이 어찌나 느리게 가던지. 하루에 여러 번 찌르는 듯한 고통의 시간이 있었고, 한고비를 넘기면 잔잔한 두통이 이어졌다. 잔잔하다 해도 강렬한 통증과 비교해 잔잔하다는 거지 고통스럽기는 마찬가지였다. 그 상태로 일상생활은 어떻게 했고, 직장은 어떻게 다녔는지 모르겠다.

　너무 아프면 제대로 된 판단을 하지 못하는 것 같다. 바보같지만, 정말 너무 아파서 견디는 것 외에는 그 어떤 생각도 할 수 없었다. 두통을 너무 오랫동안 앓아와서 누구에게 말할 자신도 없었다. 그렇게 하루, 이틀, 사흘, 나흘…. 센시발 한 알로 버티기에는 끔찍한 시간이었다. 드디어 토요일, 나는 강남에 있는 한 신경과에 방문했다.

구구절절 썼던 그때의 증상 ————— 병원은 어느 정도 규모가 있는 2차 병원이었다. 입원 환자들이 병실에서 속속 내려와 진료를 받았고, 나는 예약 없이 방문했기에 예약 환자의 진료가 다 끝나기를 기다려야 했다. 대기하면서 신경과에 내원한 이유와 현재 겪고 있는 증상, 가장 힘든 부분이 무엇인지 등을 쓰는 설문지를 작성했다. 주관식 3~4개 문항 정도로 간단했는데(시간이 오래 지난 데다 솔직히 그때는 제정신이 아니어서 내 기억과 다를 수도 있다) 나는 구구절절 답변을 다느라 대기시간이 부족할 정도였다.

이 설문지를 의사가 그리 눈여겨보지 않았음에도 의사를 만나기 전 하나씩 기술해보는 것만으로도 나는 해방감 비슷한 쾌감을 느꼈다. 병원에 가면 환자가 하고 싶은 말을 다 하지 못하고 나오는 경우가 많은데, 글의 형식을 빌려서라도 어쨌든 내가 하고 싶은 말을 다 할 수 있었던 것이다. 또 증상을 직접 써보는 게 생각을 정리하는 데 도움이 되어서 실제로 내가 얼마나 아프고 또 가장 힘든 게 무엇인지 알 수 있었다. 그러나 누가 타인의 고통에 당사자만큼 깊은 관심을 보이겠는가. 설사 그 의사 또한 미약한 두통을 앓고 있는 편두통 환자라 할지라도 말이다.

진료실에서 터진 울음 ──────── 당황스럽게도 의사를 만나자마자 울고 말았다. 너무 아파서, 너무 답답하고 힘이 들어서 말 몇 마디를 채 나누지도 않았는데 순간 북받치는 감정에 울음이 터진 것이다. 나도 내가 울 줄 몰랐다. 아파서 혼자 운 적은 있어도 다른 사람 앞에서 운 건 그날이 처음이었다. 진료를 기다리며 설문지를 작성하느라 감정이 격해 있었던 걸까. 내 구구절절한 사연을 알아줄 사람을 만났다고 생각해서였을까. 의사를 보자마자 그동안 힘들었던 일들과 서러움이 한꺼번에 몰려들었다. 그래서였을 것이다. 의사의 말을 아무 의심 없이 믿었던 건. 머리 한구석에서조차 의심 한 자락 하지 못했던 건 다른 누구보다 내가 믿고 싶었기 때문이다.

닫혀 있던 마음의 문 ──────── 그날은 아침부터 바쁘게 움직였다. 평소라면 한참 잘 시간에 부산스레 움직이는 내가 걱정이 되었는지 엄마가 나를 따라나섰다. 병원까지 꽤 먼 길을 같이 이동하면서도 우리는 별다른 대화를 나누지 않았다. 그런데 의사 앞에서 내가 울음을 터뜨리자 엄마는 매우 당황했다. 울고 있는 와중에도 뒤에 앉은 엄마가 당황하는 게 느껴졌다. 나와 가장 가까운 가족도 내가 얼마나 아픈지 전혀 모르고 있었던 것이다.

그때 나는 마음의 문을 완전히 닫고 있었다. 깨질 듯한 두통이 하루에도 몇 번씩 찾아왔고, 나머지 시간이라고 아프지 않았던 게 아니다. 어두운 방에 새우처럼 몸을 둥글게 말고 누워 있으면 조금은 견딜 만했다. 문밖으로 TV 소리가 들리곤 했는데, TV를 보고 웃고 있는 가족에게 내 아픔을 전할 힘이 그때 내게는 없었다.

낫게 해주겠다는 확신, 말뿐인 그 말 ———— 의사는 믿음직스러웠다. 의사가 어떤 말을 했는지는 솔직히 잘 기억나지 않는다. 내 이야기를 잘 들어주었던 것 같기도 한데, 내가 말을 제대로 했을 리 만무하니 의사가 알아서 판단했으리라. 그리고 의사는 대망의 그 말을 내뱉었다.

"하루만 입원해요. 내가 낫게 해줄게요."

의사의 단언에 엄마는 고개를 갸웃했다. 이렇게 확신에 차 말하는 의사는 처음이었으니까. 그러나 엄마의 의심 어린 눈초리와 상반되게 나는 기뻤다. 이 고통 속에서 나를 꺼내줄 수만 있다면 그게 누구인들 어떠냐 싶었던 것이다. 오히려 지금 이 순간 의심의 눈길을 보내는 엄마가 미웠다. 밑져야 본전, 아니 그보다는 썩은 동아줄이라도 잡고 싶었다. 다시금 서러움이 밀려왔다. 내가 얼마나 힘든지 모르면서, 알려고 하지도 않았으면서.

결과적으로 나는 하루 만에 낫지 않았고, 병원비는 엄청 많이 나왔고, 2차 병원에서 군이 할 필요 없는 처치를 많이 받았다. 그때 그 말이 의사로서 무책임하다 못해 배신감마저 드는 말이어서인지 지금까지도 여러 의미로 그 말을 잊지 못한다. 어쨌든 나는 그날 바로 입원했다. 검사와 진단 그리고 입원까지 모든 게 참으로 신속했다.

두통 검사와 편두통 진단

내가 받은 검사 ———— 입원을 결정하고 여러 검사를 받았다. 무슨 검사인지도 모르면서 처음 보는 낯선 기계 앞에 여러 차례 몸을 내밀었다. 검사는 정신없이 빠르게 진행되었는데, 내가 받은 편두통 검사 종류와 비용은 대략 다음과 같다.

- 안진 검사: 안구운동을 확인하는 검사로 어지럼증의 원인을 파악한다(4만 원).
- 전정유발 근전위 검사: 어지럼증 검사 중 하나로, 전정기관의 기능을 평가한다(5만 원).
- 엑스레이: 목디스크, 경추성 두통을 확인한다(3만 원).

- 적외선 체열 검사: 통증 부위는 온도가 다르기 때문에 적외선으로 촬영해 통증 부위를 판별한다(비급여 15만 원).
- 뇌혈류초음파: 초음파를 이용해 뇌혈류의 속도와 방향을 확인한다(비급여 20만 원).
- 뇌MRI: 뇌졸중, 뇌종양, 뇌출혈을 진단한다(비급여 90만 원).

검사를 기다리며 ———— 뇌영상 촬영을 위해 검사실로 내려갔다. 이미 촬영 중인 환자가 있어서 예약 없이 온 나는 30분 정도 기다려야 했다. 엄마와 둘이 나란히 의자에 앉아 기다리는데, 울음을 그치고 머쓱해진 나는 괜히 엄마한테 말 몇 마디를 걸어보다가 제풀에 지쳐 엄마 무릎을 베고 누워버렸다. 토요일 낮 병원은 사람이 없고 조용했다. 햇빛이 비치는데도 내 마음이 그래서인지 어둡고 음울했다. 내 차례가 되자 액세서리를 빼고 검사복으로 갈아입었다. 엄마에게 짐을 맡기고 가벼운 인사를 하고 헤어졌다.

MRI 기계 안에서 ———— MRI를 찍는 건 이번이 처음이었는데, 방사선사 선생님이 30~40분 정도 걸린다고 미리 알려주었다. 또 기계 소리가 매우 크니 좋아하는 노래를 말하면 틀어준다고도 했다. '매우 상냥하신 분이구나' 하는 생각이 절로 들었다. 기계 소리가 시끄러웠기에 노래가 들릴까 싶었지만, 그래도 제안한 데는 이유가 있겠거니 싶어 한창 빠져 있던 가수 노래를 틀어달라고 했다.

머리를 기계 안쪽으로 향하게 눕고 이상한 헬멧을 썼다. 머리를 움직이지 않게 고정하기 위한 용도였는데, 머리를 감싸는 형태의 딱딱한 구조였다. 투박한 모양새의 볼품없는 헬멧 위로 커다란 헤드폰이 얹어졌다. 검사실에서 음악이라니, 다시 생각해도 이질적인 조합이었다.

정확한 검사를 위해 움직이지 말라고 해서 나는 반듯하게 누운 자세를 유지했다. 원통형의 커다란 기계 안에 들어가 혼자가 되자 뇌에 이상이 있다는 결과가 나오지 않을 거라는 걸 알면서도(오히려 그럴 확률이 매우 낮다는 걸 알면서도) '혹시나' '만약에' 하는 생각에 겁이 났다.

노래가 주는 위안 ———— 기계 소리는 생각보다 크고 불쾌했으며 사람을 불안하게 만들었다. 꼼짝 못하고 갇혀 있다는 생각이 들자 또다시 눈물이 났다. 무서운 와중에도 너무 아팠고, 아픈 게 화가 났다. 도대체 내가 무슨 죄를 지어 이렇게 아픈 건지. 지금까지 고통을 꾹꾹 참아온 게 후회되었다. 누군들 그러겠냐만 나는 정말 아프고 싶지 않았다. 치밀어 오르는 화가 조금씩 두려움을 밀어내고 그 자리를 차지했다. 그때 노래가 들렸다. 이 와중에 좋아하는 가수 노래를 콕 집어 말한 스스로가 웃기고 황당했는데, 그렇게 들리는 노래가 또 좋았다. 떨리던 마음이 신기하게도 점차 가라앉았다.

검사는 노래가 열 곡이나 나온 뒤에야 끝났다. 심각한 상황에도 숨을 틔울 무언가가 있다는 것, 맥락에 맞지 않은 일을 가능하게 하는 특정한 상황, 비일상 중 일상을 느끼게 하는 존재가 있다는 것에 감사했다.

편두통 중첩 상태 ──────── 당시 나는 '편두통 중첩 상태'였다. 일반적인 편두통 지속시간은 72시간 내인데(4~72시간), 72시간 이상 계속되는 심한 편두통을 '편두통 중첩 상태' '편두통 지속 상태'라 한다. 며칠 동안 잦아들지 않는 두통으로 힘들었던 내 상태를 가장 간단히 표현하는 말이다.

편두통은 날마다 오는 게 아니며, 특성상 한 번 오면 며칠은 발작이 일어나지 않기 때문에 발작과 발작 사이에는 대개 통증이 없다. 그러나 편두통 발작 사이에도 증상이 계속될 수 있는데, 편두통과 다른 두통을 함께 앓고 있는 경우가 그렇다. 예를 들어 긴장성 두통과 편두통을 같이 가지고 있다면 통증이 계속 이어질 수 있다.

처음으로 편두통 진단을 받다 ———— 신경과에서 편두통을 다루는 방식은 일반 병원에서 두통을 보는 시각과 다르다. 두통을 증상이 아닌 질병으로 인식하는 만큼 보다 더 적극적인 노력을 기울인다. 그 결과 나는 이곳에서 처음으로 편두통 진단을 받았다(앞서 방문했던 대학병원에서는 편두통 진단을 받기 전이었기에 아직 내 병은 질병분류기호 R51 '두통'이었다).

2차 병원은 속전속결로 검사하기에 빠르게 결과를 볼 수 있다. 신속함은 장점이지만 비싼 비용은 단점이다. 급여와 비급여를 포함해 검사비용만 100만 원 이상 나왔다. 돈이 없으면 아프지도 못하겠구나 싶었다.

편두통 환자의 입원 생활

신경과라는 병동 ———— 나는 신경과 병동에서 2박 3일을 보냈다. 사람이 얼마나 입원했을까 싶었는데 의외로 베드는 모두 차 있었다. 환자는 대부분 50~70대 할머니였고, 젊은 사람은 보이지 않았다. 젊은 사람들이야 크게 아플 일이 없으니까(확률적으로 말이다). 방은 생각보다 넓었다. 베드가 한 방향에 4~6개씩 양쪽 벽에 나란히 있었으니 일반적인 6인실보다 컸던 것 같다. 한 공간에 꽤 많은 사람을 수용해서 8~12명이

같이 있었다.

병실에 들어와 자리를 안내받고 커튼을 쳐 분리된 영역을 만들었다. 익숙한 집에서도 힘든데 병원까지 와서 사람들과 얽히고 싶지 않았다. 내 행동 하나하나가 노출되는 게 불편했다. 친밀하지 않은 누군가의 일상에 들어가는 건 비록 배경일지언정 편치 않았다. 20대 젊은이가 병실에 들어오니 어떤 사연으로 입원했는지 다들 퍽 궁금한 눈치였다. 나는 알면서도 모른 척했다. 은근슬쩍 관심을 표했을 뿐 직접적으로 말을 걸어오지 않아 슬쩍 넘어갈 수 있었다. 어떤 분은 우유를, 또다른 분은 빵을 나눠주셨는데, 나는 거절하지 않고 받았다. 배가 고픈 것도 아니고 교류할 마음도 없으면서 주는 건 또 덥석 받았다.

불행 배틀 ——— 같은 공간에 있다 보면 어쩔 수 없이 들리는 말이 있다. 할머니들의 이야기를 듣고 있자면 참 힘드셨겠구나 싶다. 그러나 본인이 언제부터 아팠는지, 어떻게 아픈지, 어느 병원을 갔다 왔다느니, 이 병원 선생님은 어떻다느니 열정적으로 이야기하는 걸 보면 그래도 살 만한가 하는 생각을 하지 않을 수 없었다. 두통과 어지럼증을 겪는 사람은 겉보기에는 멀쩡해서 말하는 것처럼 힘든 게 맞나 미심쩍어 보이기도 한다. 물론 입원을 결정할 만큼 힘드셨겠지만 그냥 한탄을 하고 싶은 게 아닌가 싶은 것이다. 오랫동안 많이 힘들었는데도 알아주는 사람이 한 명도 없었을지 모른다 생각하면 안타까운 마음도 든다.

내가 더 아프다는 말 대신 ———— 대체적인 병동 생활은 '내가 더 아프네, 내가 더 어지럽네' 하는 불행 배틀이었지만, 그러다 상태가 안 좋아지면 대화는 수그러들었다. 아픈 와중에 좀 나아졌을 때, 그나마 컨디션이 괜찮을 때 하는 게 '내가 여기서 제일 아플 것이다'라는 말이라니. 세상에 아프고 싶은 사람이 어디 있으며 내가 더 많이 아프다고 무슨 권위가 생기는 것도 아닐진대 남의 고통과 견주어 이기려 드는 걸까.

내가 더 아프다고 주장하는 것보다는 '이렇게 해보면 좋더라' 같이 서로의 노하우를 나누면 더 좋지 않을까(한 병을 오래 앓으면 원치 않더라도 생활 전반에서 여러 노하우가 생긴다). 그 공간에 있는 모두가 다 아픈 사람일진대 남의 고통에 얼마나 관심이 있겠는가. 그러니 다들 자기 얘기만 하는 게 아니겠는가. 나는 내 증상을 자랑으로 여기지 않겠다고 다짐했다. 고통을 인정받기 위해 노력하는 것은 낫기 위해 노력할 때일 것이다.

병동에서 맞은 수액

수액을 맞는데도 ──────── 병동에서 내가 맞은 수액에는 생리식염수에 마그네슘+은행엽+덱사메타손이 들어갔다. 진통제 성분이 없어서 통증을 조절하기에는 부족해 보이는 조합이라 생각했는데, 역시나 그랬다.

- 마그네슘: 마그네슘 수치를 높이면 두통을 완화할 수 있다. 규칙적으로 마그네슘을 복용하면 두통 발작을 41% 낮출 수 있다(편두통 환자는 마그네슘 수치가 낮다는 결과가 있다).
- 은행엽: 은행나무 잎을 분쇄해 추출한 것으로 기억력 감퇴, 우울증, 두통 증상 완화에 쓰인다.
- 덱사메타손: 항염증작용을 갖는 스테로이드 성분으로 두통 재발을 막는 데 도움이 된다. 두통이 며칠 동안 이어지는 편두통 중첩 상태를 완화하기 위해 일시적으로 사용한다.

급성기 치료

편두통 진단과 입원 그리고 편두통용 진통제(트립탄, 에르고타민) 복용까지 이 모든 게 하루 만에 일어났다. 그야말로 순식간이었다. 입원 당일 수액을 맞은 것과 동시에 급성기 치료와 예방 치료를 시작했다. 급성기약으로는 1일 3회 복용하는 약과 아플 때 먹는 약 두 가지를 받았다. '통증이 멎지 않고 계속되는데, 아플 때 먹는 약이 따로 있다고?' 당황스럽기 그지없었다. '지금까지 내 말을 어떻게 들은 거지?' 싶었다.

간호사가 약을 주면서 하는 말에 병원에서 아직도 내 상태를 잘 모르는 건가 싶었고, 내 표현이 부족했나 하는 생각도 들면서 짜증이 일었다. 도대체 얼마나 더 어떻게 설명해야 하는 걸까? 그러나 다른 어떤 이유보다 짜증을 멈출 수 없었던 건 이미 내가 충분히 불쾌한 상태였기 때문이다. 나는 언제든 짜증 낼 준비가 되어 있었다. 내내 신경을 거스르는 통증이 나를 괴롭힐 때 짜증을 억누르기란 여간 어려운 일이 아니다.

급성기 편두통약 ———— 통증이 있을 때는 당장의 고통을 줄이기 위해 진통제를 복용한다. 대개는 타이레놀과 NSAIDs 계(이부프로펜, 나프록센 등) 진통제를 복용하지만, 편두통의 경우 하나의 선택지가 더 존재한다고 앞서 이야기했다. 기존 진통제와 다른 기전으로 두통을 줄이는 '편두통용 진통제'다. 편두통용 진통제는 일반 진통제로 두통이 조절되지 않을 때 사용하며, 혈관수축작용을 통해 편두통을 완화시킨다.

편두통에 특이적으로 사용하는 급성기약은 트립탄과 에르고타민 두 가지가 있다. 1990년대 이전까지는 에르고타민을 사용했지만, 트립탄이 등장한 이후부터는 트립탄을 사용한다. 두 성분은 유사한 기전으로 편두통을 완화시키므로 에르고타민과 트립탄은 대개 동시에 복용하지 않는다. 입원할 때 나는 편두통용 진통제로 크래밍(에르고타민)과 나라믹(트립탄)을 복용했다.

크래밍 ──────── 하루 세 번 기본으로 복용했던 약은 부루펜 1정, 무코바 1정, 크래밍 2분의 1정으로, 일반 진통제+위장약+편두통용 진통제의 조합이다. 크래밍은 내가 처음으로 복용한 편두통용 진통제로 에르고타민 성분이다. 효과가 있을 법도 한데 아쉽게도 나는 효과를 보지 못했다. 트립탄이 있는데 왜 부작용이 더 심하고 1차 선택약이 아닌 에르고타민을 처방했는지는 의문이다. 또 트립탄과 에르고타민을 동시에 처방한 것도 의아한 점 중 하나다.

나라믹 ──────── 1일 3회 먹는 약(크래밍 포함)을 복용하고도 두통이 계속되자 1시간 정도 있다가 아플 때 추가로 복용하라고 준 약을 먹었다. 필요할 때 먹는 약은 나라믹으로, 내가 처음으로 먹어본 트립탄 제제였다. 나라믹을 먹고 나서 완전하지는 않아도 처음으로 두통의 강도가 약해지는 것을 느꼈다. 수액과 에르고타민은 효과가 없었는데, 트립탄은 효과가 있었던 것이다. 이를 위해 내가 입원했나 싶을 만큼 기쁜 발견이었다.

병동에서 복용한 예방약

편두통 예방약을 변경하다 ──── 두통 빈도가 잦거나 통증 강도가 높은 편두통 환자는 급성기 치료와 예방 치료를 병행한다. 나도 매일 예방약을 먹으면서 추가로 진통제를 복용했다. 입원 후 처음 방문한 대학병원에서 처방받았던 센시발 복용을 중단하고 씨베리움과 테놀민으로 변경했다. 편두통 예방약은 효과가 나타날 때까지 2~3개월이 걸릴 수 있어서 적어도 2개월 이상 복용한 뒤 효과를 판단하는데, 나는 고작 며칠 먹고 센시발 복용을 중단했으니 센시발 효과를 확인하는 건 물 건너간 것이다.

편두통 예방약 변경 내역

· 센시발(노르트립틸린) → 씨베리움(플루나리진)+테놀민(아테
  놀롤)

편두통 예방약은 따로 없다? ────── 편두통에만 사용하는
진통제가 있는 것과 달리 편두통 예방약은 사실 별도로 있지
않다. 현재 사용하는 편두통 예방약 대부분은 본래 쓰임이 따
로 있다. 예를 들어 센시발은 원래 항우울제인데 편두통을 완
화하는 효과를 보여 편두통 예방을 위해 저용량으로 쓰이고
있다. 항우울제 외에도 혈압약, 항경련제 등이 편두통 예방약
으로 사용 중이다. 입원하면서 복용한 씨베리움과 테놀민은
플루나리진Flunarizine과 아테놀롤Atenolol 성분으로, 본래는 혈
압을 낮추는 데 사용되지만 나는 편두통 예방 목적으로 복용
했다.

　그런데 2020년 즈음부터 편두통 전용 예방약인 항CGRP
Calcitonin Gene-Related Peptide 제제가 새롭게 출시되었다. 앰겔러
티Emgality, 아조비Ajovy 등이 있으며, 미국 FDA(식품의약국) 승
인을 받은 여러 항CGRP 제제 중 일부는 국내 건강보험급여
대상이다. 현재 내가 복용 중인 예방약도 항CGRP 제제에 해
당한다.

원치 않았던 비급여 치료들
||||||||||||||||||||||||||||||||||||||||||

친구의 병문안 ———— 일요일, 친구가 문병을 와주었다. 주말을 낀 짧은 입원이었는데도 찾아와줘서 고마웠다. 병원에 얼마나 있었다고 (하루 잤다고 좀 익숙해졌다) 집주인처럼 익숙하게 다용도실로 척척 안내했다. 복도 끝 작게 마련된 공간에는 탁자 몇 개와 정수기 그리고 간단한 설거지를 할 수 있는 싱크대가 있었다. 다용도실은 병원에 상주 중인 보호자가 한숨 돌릴 수 있는 공간이기도 해서 친구가 나를 만나러 왔을 때도 한 보호자가 피곤한 얼굴로 앉아 있었다.

병원에서 보는 친구는 낯설었다. 큰 창을 통해 해질녘 잔잔한 햇살이 친구 얼굴에 내려앉았다. 색을 잃은 공간에서 유달리 빛이 났다. 비록 짧지만 병원 생활은 꽤나 무료해서 누군가가 찾아와 같이 이야기를 나누는 단순한 일이 하루의 작은 일이 아닌 그날 전체를 차지하는 주된 사건이 된다. 그 만남이 내가 살아 있다는 느낌이 들게 했다.

무슨 말을 나눴는지는 잘 기억나지 않는다. 어쩌다 입원했는지, 병원은 집 근처에도 많을 텐데 왜 여기까지 왔는지, 퇴원은 언제 할 건지 등을 이야기하지 않았을까.

비급여 치료를 받다 ——— 입원 이튿날인 일요일 아침, 내가 미리 고지받지 못한 일정이 있었다. 간호사가 나를 불렀고, 정확히 무엇 때문인지는 몰랐지만 필요한 일이겠거니 싶어 쫄래쫄래 따라갔다. 간호사 뒤를 따라 도착한 위층은 사람이 한 명도 없었다. 깔끔하고, 넓고, 고급스러웠다. 여기서 재활·물리치료를 받았다. 도수치료 혹은 운동치료라 불리는, 요즘 정형외과에서 많이들 하는 거였는데, 내가 뭘 한 건지 정확한 정체는 아직도 잘 모르겠다. 그래도 좋긴 좋았다. 좁은 병실에 누워 있다가 넓은 공간에서 몸을 움직이니 시원했다. 일하는 분들이 다들 조용조용하고 나긋해서 심리적으로도, 신체적으로도 편안했다. 한 번에 한 명씩 총 두 분을 봤는데, 모두 일대일로 나를 전담했다. 재활치료사로 보이는 분이 두통에 도움이 되는 생활운동에 대해 알려주었다. 다른 한 분은 전날 찍은 엑스레이 사진을 보며 자세한 설명과 함께 도수치료를 해주셨다.

운동치료 ——— 개인 PT처럼 한 사람이 온전히 나를 맡아 어떤 운동을 할지 알려주었다. 맨몸으로 하기도 하고, 매트에 눕거나 폼롤러를 사용하기도 했다. 힘들지 않은 운동이었다. 어떤 자세를 취했는지 하나하나 기억은 안 나지만 필라테스, 요가와 비슷해서 나도 해본 적 있는 익숙한 자세였다. 짧은 운동을 끝내고 다시 병동으로 돌아갈 때는 어떤 운동을 하면 좋은지 그림이 그려진 안내문을 받았다. 목 운동, 허리 운동 등 집에서 쉽게 할 수 있는 운동이었다.

도수치료 ———— 담당자는 전날 찍은 엑스레이 사진을 보며 이것저것 말씀해주셨다. 그러나 상태가 좋지 않아서 한 귀로 듣고 한 귀로 흘렸다. 내용은 잘 들어오지 않았고, 오히려 조용하고 차분한 목소리와 시간이 느리게 흘러가는 듯한 편안한 분위기만 기억에 남는다. 귀를 만져주고, 머리를 빗을 때 두피에 좋은 자극을 주는 법을 알려주었다. '뭐, 이런 걸로 좋겠어' 싶었는데, 작은 행동이 의외로 큰 기쁨이 되었다.

의문 ———— 안 움직이던 몸을 움직여서 그런지 시원했다. 그러나 그뿐, 가장 중요한 두통은 여전해서 몽롱한 머리로 굳이 이걸 지금 해야 하나 싶었다. 하라는 대로 따라 움직이면서도 이게 내 상태에 도움이 될까 하는 의문이 솟았다. 효과가 있는지 확실치 않고, 있더라도 효과를 보는 데 시간이 걸리는 부수적 치료를 무턱대고 추천하면 곤란한 일이다(도수치료, 운동치료는 단번에 눈에 띄는 효과를 체감하기 힘들다). 당장 나에게 도움이 되는 적극적인 치료는 아니었다. 통증 조절이 시급한 환자에게 이렇게 시간이 걸리는 치료를 한다는 건 동의하기 힘들다. 나에게 제대로 된 선택권을 줬다면, 그때 내 몸 상태를 고려해 비급여 치료는 하지 않았을 것이다.

다시 만난 의사
||||||||||||||||||||||

퇴원 전 외래진료 ———— 이틀 전 병원을 처음 찾았을 때 오래 기다렸던 것과 달리 이번에는 금방 의사를 만났다. 입원 환자를 먼저 본 다음 외래진료를 하기 때문이다. 새로운 환자가 며칠 전 내가 있던 자리에 앉았고, '입원한 환자가 이렇게 많아?' 내심 놀라며 힐끔힐끔 시선을 두던 곳에는 사뭇 익숙해진 내가 있었다. 며칠 사이 뒤바뀐 위치가 이상했다. 지금 내가 치료가 필요한 환자라는 걸 그때 처음 인식했던 것 같다. 의기소침해졌다.

　의사는 차도가 있는지 물었고, 나는 조금 나아졌지만 아직도 많이 아프다고 했다. 의사가 어떻게 반응할지 많이 궁금했다. 그러나 아직 아프다는 내 말을 듣고도 "낫게 해주겠다" 고 호언장담한 이틀 전의 자신을 잊은 듯 의사는 어떤 반응도 보이지 않았다. 정말 아무 일도 없었던 것처럼 넘어갔다(무슨 말이라도 해봐!).

사실 그럴 줄 알았다. 누구보다 간절히 바랐지만, 나는 내가 하루 만에 나을 리 없다는 걸 알았다. 그리 쉽게 나을 상태가 아니었으니까. 그래서 하루 만에 낫게 해주겠다는 의사의 반응이 의외였고, 믿기 힘들었지만 정말 믿고 싶었던 것이다. 다행인 것은 큰 기대가 없었기에 실망도 적었다는 것. 배신감은 들었지만 지금 상태라면 견딜 수 있다는 게 그나마 위안이었다.

의사의 당부 ——— 의사는 나에게 세 가지를 당부했다. 아침 일찍 일어날 것, 많이 걸을 것, 온도계와 습도계를 살 것. 그러면서 책상 위 습도계를 보여주었다. 의사도 편두통을 앓고 있는 것 같았다(편두통을 앓고 있는 의사는 생각보다 많다). 원하는 환경을 조성하라는 말이 기억에 남는데, 지금 나에게 과연 얼마나 효과가 있을지는 의문이었다.

나는 지하철로 출퇴근을 했는데, 사람 사이에 빽빽하게 낀 채 이동했기에 바깥공기가 통하지 않는 답답한 환경이었다. 의사는 퇴근 후 피곤하더라도 좀 걷다가 지하철을 타라고 권했다. 바깥에 잠시도 있기가 힘든데 밖에서 걸으라니? 당황스러웠다. 그때의 나는 절대 실천할 수 없는 방법이었으니까.

의사의 말을 종합하면 신선한 공기를 마시고, 규칙적인 생활을 하라는 거였다. 규칙적인 생활은 건강의 기본이며, 가벼운 산책이 두통에 도움이 된다는 건 익히 알려진 사실이다. 나는 의사의 그 말이 너무나 실망스러웠다. 단순히 생활습관을 바꾼다고 머리 아픈 게 당장 나을 수 있을까? 최소 몇 개월, 몇 년의 시간이 필요한 일이다. 당시 내게는 그 몇 개월을 버틸 힘(또는 견뎌낼 일시적인 다른 방법)이 필요했다.

믿을 수 없지만, 그럼에도 ———— 생활습관을 바꾸라는 말이 틀린 말은 아니다. 그러나 내가 원하는 건 즉각적인 치료였고, 실제로 변화를 줄 수 있는 무엇이었다. 더이상 할 수 있는 일이 없는 걸까? 아니면 하지 않는 걸까? 할 필요가 없는 걸까? 나 혼자 답답했다.

그때 나는 너무 심하게 아파서 모든 약이 효과가 없는 상태였던 것 같다. 치료와 함께 몸이 천천히 나아질 시간이 필요했던 건지도 모른다. 퇴원 후에도 한동안 끔찍하게 아팠던 걸 떠올려보면 정말 그랬을지도. 그러나 이미 마음이 닫힌 나는 모든 게 한심해 보였다. 이제는 의사의 어떤 말에도 믿음이 가지 않았다.

그럼에도 나는 다음 예약을 잡았다. 당장 미칠 듯이 아팠던 벼락 두통은 나아졌으니까. 무엇보다 다른 선택지가 보이지 않았다. 천둥은 멎었지만 장대 같은 비는 계속 쏟아지는 상황이었다. 그 비를 뚫고 나아갈 힘이 내게는 없었다. 언제 다시 천둥과 번개가 내리쳐 내 혼을 빼놓을지 모를 일이었으니. 다음 내원일은 5일 뒤인 토요일이었다.

드디어 퇴원
||||||||||||||||||||

집에 가는 길 ———— 햇빛이 내리쬐는 한낮이었다. 날은 생각보다 흐리고 더웠다. 병원 문을 나와 마주한 햇살이 찬란했다. 근처에 가까운 지하철역이 있었지만 나는 조금 걷기로 했다. 바깥에 좀더 오래 있고 싶었다. 평일 낮은 한적했다. 고작 이틀 병원에 있었는데 왠지 모를 해방감에 나는 뛰듯이 걸었다. 달라진 건 장소와 내 옷차림뿐인데 잠시 다른 세상에 갔다 온 기분이었다.

밖을 아무렇지 않게 걷고 있자니 건강한 사람이 된 것 같았다. 지금 내가 아픈 것도 별일 아닌 것 같고, 나에게 일어난 모든 일이 가볍게 느껴졌다. 멀쩡했던 예전으로 돌아간 듯한 착각이 일었다. 일상으로 돌아와 안도했고 괜찮아지리라 낙관했다.

치료비 내역서를 보고 ──────── 치료비는 약 200만 원이 나왔다. 사실 도수치료 비용이 제일 아까웠다. 도수치료가 두통에 도움이 될 수도 있다. 같은 치료라도 사람마다 받아들이는 게 다르니 누군가는 만족할지도(이처럼 사람 손을 많이 타는 일은 자신에게 맞는 곳을 찾는 게 관건이다). 나에게 맞는 병원, 치료법을 찾는 데 필요한 초기 비용이라 생각하면 10만 원은 아깝지만 감수할 만한 금액이라 생각한다. 불쾌한 지점은 제대로 된 고지가 없었다는 것.

웬만큼 부자가 아니고서야 금액을 모른 채 물건을 사는 사람이 있을까. 대부분의 사람은 의사가 하는 말, 병원에서 시행하는 검사, 처방하는 약에 대해 의심하지 않는다. 기본적으로 병원과 의사를 믿기 때문이다. 사람들은 다른 분야보다 의료기관과 의료인을 향한 견고한 믿음을 가지고 있다(설사 믿음이 없다 하더라도 딱히 할 수 있는 일이 없기 때문에 그냥 내버려두었을 수도. 전문 영역이 그렇듯 심화된 의학지식은 다른 직업군의 사람이 접근하기 어렵다).

치료 과정에서 환자가 매우 깊은 부분까지 알 필요는 없다. 말해도 전부 이해하지는 못할 것이다. 그래도 최소한의 설명은 해주어야 한다. 지금 하는 검사, 처치, 복용 약물에 대해. 그 모든 것의 대상이 결국 다 환자이기 때문이다.

과잉 진료인 걸까? ——— 처음에는 이른바 '눈탱이' 맞은 게 아닌가 싶었다. 의학적 지식이 없는 사람에게 적절한 권유와 선택 과정 없이 비급여 검사와 치료를 너무 당연하게 진행했기 때문이다. 아픈 사람을 상대로 한 장삿속에 화가 나 불만이 가득 담긴 후기를 꼭 남겨야지 싶었다. 퇴원하고 몇 주가 지나서까지 하고 싶은 말이 머릿속에서 뱅글뱅글 돌았지만 막상 후기를 쓰려니 에너지를 쓰는 게 너무 버겁게 다가왔다. 귀찮고, 의미 없고, 하기 싫고. 또 어찌 되었든 두통에 도움이 되는 치료와 검사였으니.

이후 신경과에서 받은 여러 검사와 치료에 대해 찬찬히 살펴보면서 내가 받은 검사들이 비단 이곳만이 아닌 다른 신경과에서도 많이 실시하는 검사라는 걸 알게 됐다. '반드시 필요하지는 않아도 도움이 되는 검사'를 시행하는 건 한 곳만의 일이 아니었던 것이다.

누군가 2차 병원을 찾는다면 ——— 2차 병원은 비용은 들지만 분명한 장점이 있다. 빠른 검사와 진단, 치료를 받는 데 최적화되어 있다. 비용에 대한 부담을 내려놓는다면, 특히 마음이 급하거나 시간적 여유가 없는 사람에게는 좋은 선택이 될 것이다.

퇴원 후 나는 오랫동안 병원을 다니면서 도수치료를 받고, 요가와 필라테스를 했다. 한의원에서 침도 맞고, 한약도 먹고, 물리치료도 받았다. 신경과에서 하는 정석적인 치료와 함께 여러 방향에서 도움이 될 만한 것들을 시도한 것이다. 나 외에도 많은 두통 환자가 확실한 효과가 있는지 모를 부가적 치료를 병행하고 있을 것이다.

도움이 되는 정보
||||||||||||||||||||||||||||||

편두통용 진통제 트립탄

트립탄은 편두통 발작을 치료하기 위한 1차 선택약물이다(에르고타민보다 우선순위가 높다). 일반 진통제에 반응하지 않는 두통에 우선적으로 사용되며, 신속하게 약효를 발휘해 두통을 줄이거나 완전히 없애준다. 빛 공포증, 소리 공포증, 구역·구토와 같은 두통과 동반되는 증상 또한 같이 호전시킬 수 있다. 편두통의 어느 단계에 투약해도 효과가 있지만, 두통이 시작되었을 때 가능한 한 신속히 먹는 게 좋다. 두통이 알아서 잦아들겠거니 지켜보지 말고 요령껏 빨리 먹도록 하자. 트립탄의 종류는 다음과 같다. 한국에는 들어오지 않는 성분도 있다.

- 졸미트립탄(조믹)
- 수마트립탄(이미그란)
- 나라트립탄(나라믹)
- 리자트립탄(막살트)
- 알모트립탄(알모그란)
- 일레트립탄(렐팍스)
- 프로바트립탄(미가드)

편두통과 뇌MRI

뇌MRI 검사를 하는 가장 흔한 사유는 두통이다. 그 외 어지럼증, 이명, 난청이 있을 때도 MRI 검사를 한다. 대부분의 두통 환자는 MRI나 CT 검사 결과에 이상이 없으며 일차성 두통으로 진단받는다. 두통 환자는 흔한 반면 뇌에 문제가 있는 중증 질환자는 드물기 때문이다.

편두통은 두통이 증상이자 질환인 대표적인 일차성 두통이다. 편두통은 원인질환이 없기 때문에 MRI 결과 정상으로 나온다. 나도 머리가 깨끗하다는 말을 들었다. MRI 정상 소견을 받았다면 이후부터는 재차 뇌영상 검사를 할 필요가 없다. 일차성 두통으로 진단받았다면 안심하고 두통 치료에 전념하자.

급여와 비급여

급여는 건강보험이 적용되어 환자가 진료비의 30%를 부담하고, 비급여는 건강보험 혜택을 받지 못해 환자가 비용 전액을 부담하는 것이다. 대게 비급여 치료는 해당 환자에게 필수적이지는 않지만 개인이 추가로 원할 경우 시행하게 된다. 대표적인 비급여 사항으로 성형외과나 피부과에서 받는 시술, 다이어트약 등이 있다.

도수·운동치료 역시 비급여에 해당한다. 만약 치료에 필수적이고 질환에 즉각적 효과가 있다면 이미 보험이 적용되어 급여사항에 포함되었을 것이다. 병원에서 시행되는 치료 대부분이 그렇듯 비급여 치료 또한 관행적으로 시행될 수 있다. 그러나 어느 병원이든 앞으로 시행할 검사나 치료가 비급여라면 환자에게 미리 고지한다. 비급여는 비용이 많이 나오고 필수 치료가 아니기에 환자에게 선택권을 주는 것이다.

6장

다시
대학병원으로

그럼에도 재방문한 그 병원
||||||||||||||||||||||||||||||||||||||||

다시 찾은 2차 병원 ─────── 2차 병원에 대해 이리 불만을 성토해놓고 설마 또 갔겠냐 싶지만 그 병원에 한 번 더 갔다. 월요일에 퇴원한 뒤 토요일에 다시 찾은 것. 예약이 잡혀 있어서다. 재방문 영수증을 확인해보니 비급여 치료비가 1만 원이었다. 의사만 만난 것 같은데 무얼 했기에 비급여가 있는지 모르겠다(병원인데 뭐라도 했겠지?).

이제는 기분이 나쁘지도 않다. 하고 싶은 말을 개인적인 기록으로라도 원 없이 했고, 시간이 많이 흘렀으며, 딱히 다른 대안이 없었다는 걸 알기 때문이다. 병원이 이상한 처치를 하지 않았다는 것도 한몫한다.

짧게 먹어본 에나폰 ———— 퇴원 후에도 몸 상태가 나아지지 않자 예방약을 또다시 다른 약으로 변경했다. 입원 중에 복용했던 '씨베리움'을 '에나폰'으로 바꿨다. 에나폰 성분은 아미트립틸린Amitriptyline으로 본래 우울증약이지만 편두통약으로도 사용한다. 여러 임상시험에서 일관되게 편두통 예방 효과를 나타낸 유일한 항우울제다. 편두통 예방 목적으로 항우울제를 선택할 때 1차 선택약물이다(심지어 긴장형 두통에도 효과적이다!). 항우울제의 임상적 효과는 최소 2주, 일반적으로 3주 이상 복용해야 나타난다. 곧 효과를 확인하려면 최소 2주는 복용해야 하는데, 나는 일주일 정도 짧게 복용하고 이후 대학병원에 가면서 약을 바꿨기 때문에 안타깝게도 약효를 체감해볼 기회는 없었다.

두통 치료의 개인차 ———— 두통 치료에는 개인차가 크다. 좀더 직관적으로 우선 약을 써봐야 효과가 좋은지 알 수 있다. 사람마다 반응을 보이는 성분과 반응하는 정도가 달라서 편두통에 효과가 입증된 약물일지라도 모든 환자에게 잘 반응하는 것은 아니다. 대다수에게 효과가 좋더라도 내게는 효과가 없을 수도 있다. 예를 들어 프로프라놀롤Propranolol은 약 50~80% 환자의 편두통을 완전하게 또는 부분적으로 완화시킨다. 그러나 내가 50~80%에 속할지 아닐지는 먹어보기 전까지는 알 수 없다.

편두통과 TCA계 우울증약 ──────── 항우울제는 TCA, SSRI, SNRI 등 여러 계열이 있다. 그중 TCA계 우울증약은 우울증만이 아니라 통증증후군 치료에도 널리 쓰인다. 특히 편두통, 다른 신체 통증장애, 만성피로증후군 치료에 유용하다. 나는 편두통 예방을 목적으로 여러 계열, 여러 성분의 약을 먹어봤다. 가장 오래 복용한 약 중 하나가 센시발이다. 처음 시도할 때는 갑작스런 입원으로 중단했지만, 우연히 다시 시도했는데 좋은 효과를 봐서 한동안 복용했다.

항우울제 중 편두통 예방 목적으로 유일하게 효과가 입증된 약은 에나폰이지만, 센시발처럼 임상연구에서 편두통 완화 근거가 불충분하다 해도 개인차에 따라 효과가 좋을 수도 있다. 편두통에 유의미한 효과가 밝혀지지 않았더라도 본인에게 효과가 있다면 복용해 도움을 받는 게 좋다.

다시 대학병원으로

갈팡질팡 ──────── 재방문한 2차 병원에서 씨베리움에서 에나폰으로 예방약을 변경하면서 이대로 내게 맞는 약을 찾아가도 괜찮겠다 싶었다. 병원에 대한 믿음은 없었지만 그래도 입원하기 전보다는 몸이 나아져서 다시 처음 방문했던 대학병원에 가야 할지 고민했다. 대학병원에서 처음 처방해주었던 센시발이 그때는 기대에 못 미쳤기에 더 그랬던 것 같다.

아픈 몸을 이끌고 다시 대학병원에 가는 게 부담스러워서 갈팡질팡할 때 엄마가 강하게 권했다. 간다고 해서 나쁠 건 없지 않느냐고. 또 처음 병원을 정할 때는 몇 군데 가보는 게 좋다고도 말씀하셨다. 그럴 필요가 있을까 싶었지만, 이미 예약이 잡혀 있었기에 기다리기만 하면 되니 방문해보기로 했다. 얼마 안 있어 대학병원 내원일이 다가왔다. 갑작스럽게 입원하지 않았더라면 아마 이날이 두 번째로 신경과를 방문하는 날이었을 것이다.

할 말 많은 환자 ──────── 병원에서 나는 여전히 할 말이 많았는데(병원에 가면 그렇게 할 말이 많더라) 의사 얼굴을 보는 게 쉽지 않아서 그런 것 같다. 신경과는 빨라야 2주에서 한 달

간격으로 예약이 잡힌다. 그사이 내 상태가 어떻게 달라졌는지 가능한 한 많이, 잘 전달하고 싶었다. 내 상황을 알리고 적절한 도움을 받아 얼른 나아지고 싶었다.

의사 선생님을 만나 2주 동안 상태가 어땠고, 센시발을 먹고 나서 어떤 변화가 있었는지 그리고 중간에 너무 아파 다른 병원 신경과에 입원했다는 이야기까지 전했다. 입원하면서 찍은 뇌영상 사진(MRI, MRA)도 챙겨갔다. 비록 예약에 그치고 말았지만, 대학병원에서도 뇌CT 예약을 했던 터라 뇌영상 사진이 필요해 보였기 때문이다. 선생님은 "MRA까지 찍을 필요는 없는데"라고 말하면서 사진을 보고는 뇌에는 아무 문제가 없다고 했다. 이미 알고 있는 결과였지만 선생님이 유심히 사진을 보던 짧은 시간 살짝 조마조마했다. 현재 먹고 있는 약은 뭔지, 입원 시 어떤 약을 복용했는지도 다 말했다. 의사 선생님은 예방약을 변경하자고 했다.

또다시 예방약을 변경하다
||||||||||||||||||||||||||||||||||||||||||||||

새로 처방받은 뇌전증약 ———— 의사 선생님은 지금 먹고 있는 예방약보다 토파맥스라는 약이 더 도움이 될 거라고 했다. 토파맥스는 토피라메이트Topiramate를 성분으로 하는 뇌전

증약이다. 편두통 환자라면 우울증이 없어도 항우울제를 처방받듯, 간질 환자가 아니더라도 간질약을 처방받을 수 있다. 한 번 경험이 있어서인지 이번에는 딱히 당혹스럽거나 기분이 나쁘지 않았다. 이대로는 살 수 없다는 위기감에 나도 필사적이었다. 다만 내가 이토록 선입견이 강한 사람이었다는 걸 (살면서 인지하지 못했는데) 이번 기회에 확실히 알게 되었을 뿐이다.

편두통이 싫듯 우울증이나 간질도 싫었다. 환자가 병을 고를 수 있을 리 만무하건만, 질환의 선호를 따지는 게 우스우면서 그냥 싫었다. 항우울제도, 뇌전증약도 반갑지 않아 마지못해 먹을 뿐이었다(그렇지만 복약순응도는 매우 높았다).

예방약에 대한 기대 ———— 의사 선생님이 최근 논문을 보면 토파맥스가 좋은 효과를 보이고 있다고 계속 말해주어서 안심도 되고 믿음이 갔다. 약을 복용하는 환자 입장에서는 정보가 아무리 많아도 부족하게 느껴지기 마련이고, 새로운 약을 시도할 때면 쉽게 불안해지는데, 의사의 말 몇 마디로 불안이 가라앉고 마음이 편안해졌다.

약 변경 사유에 대해 간략히 설명을 듣고, 이전에 먹던 예방약 복용은 전부 중지했다. 이미 시도해본 몇 개의 예방약보다 효과가 좋다고 하니 살짝 기대가 되었다. 토파맥스는 대규모 임상시험에서 편두통 예방에 효과가 있다고 보고되었는데, 환자의 절반에서 편두통 빈도가 50%나 감소했다고 한다. 그 절반에 내가 속하지 않을 이유 또한 없지 않은가.

FDA 허가 약물 ———— 편두통 예방 치료에 사용하는 약물의 효력은 서로 유사하다고 알려져 있다. 그러나 현재 미국 FDA에서 편두통 예방약물로 허가받은 성분은 프로프라놀롤Propranolol, 티몰롤Timolol, 발프로에이트Valproate, 토피라메이트Topiramate 등 네 가지뿐이다(보톡스 주사와 최근 나온 항CGRP 제제는 제외하고 논한다). 약을 선택하는 게 오로지 내 결정에 달려 있지는 않지만, 그래도 새로운 시도를 한다면 이왕이면 미국 FDA에서 허가받은 약물을 시도하는 게 좋아 보였다.

앞서 말했듯이 편두통 예방약은 개인차가 크기 때문에(약에 반응을 보이는 정도가 사람마다 다르다) 각자에게 맞는 약을 찾기까지 시간이 걸린다. 이러나저러나 나에게 맞는 약을 찾는 데 시간이 소요된다면, FDA에서 허가받은 이 네 약물 가운데 하나를 먼저 시도하는 게 합리적으로 보였다. FDA에서 아무 이유 없이 허가했을 리 만무하니, 다른 성분보다 연구도 잘 되어 있고 무엇보다 편두통에 효과가 있을 확률이 더 높을 것이다. 나는 두통 외에 만성 통증, 우울증, 고혈압 등 다른 질환 보유자가 아니어서 더더욱 그렇게 생각했다(다른 질환을 앓고 있지 않고, 복용 중인 약도 없으므로 예방약을 선택할 때 두통 증상만 고려하면 된다).

토파맥스 복용법 ———— 토파맥스는 편두통 예방 목적으로 사용할 때 보통 1일 100mg 유지용량에서 효과를 나타낸다. 그러나 처음부터 바로 100mg를 복용하지는 않고, 소량부터 시작해 천천히 치료용량까지 증량한다. 나도 처음 일주일은 하루 한 번 25mg를 복용했고, 2주차부터는 하루 두 번 아침·저녁으로 25mg씩 총 50mg를 복용했다. 이후 대략 한 달 간격으로 병원을 방문해 토파맥스 용량을 점진적으로 증량했다. 증량 간격은 한 달일 때도 있었고, 그보다 더 길었던 적도 있다. 용량을 줄일 때도 증량할 때와 마찬가지로 천천히 줄여나갔다.

토파맥스로 효과를 보려면 ———— 한 시간 내 빠르게 반응을 보이는 감기약이나 진통제와 달리, 신경과 약은 효과를 보는 데 시간이 걸리는 경우가 많다. 토파맥스는 뇌전증이냐 편두통이냐에 따라 효과가 나타나는 데 걸리는 시간이 다른데,

뇌전증의 경우에는 1~2주 정도 걸리고, 편두통의 경우 발작 빈도가 줄어드는 데 1개월이 소요될 수 있으며 완전히 효과를 보려면 2~3달 정도 있어야 한다.

토파맥스 복용, 그런데 ——— —— 의사 선생님은 토파맥스의 약효가 나타나기까지 최소 2주는 지나야 한다고 말했지만, 놀랍게도 나는 다음 날부터 효과를 체감했다(이런 사람도 있다는 걸 말하는 것이지 모두에게 적용되지는 않을 것이다). 고작 25mg을 먹었을 뿐인데 이렇게 빨리 효과가 있을 거라고는 생각지도 못했다. 두통이 나아지고 있다는 걸 확연히 인식할 수 있었다.

약 한 알에 반응을 보일 만큼 상태가 심각했다는 방증일 수도 있지만, 그때는 '약발' 잘 받는구나 싶어 뿌듯하기까지 했다. 약간의 호전조차 곧 완화될 수 있다는 가능성으로 해석되어 감격스러웠다. 얼마나 기뻤는지 사이가 서먹서먹하던 직장 동료에게 토파맥스 효과가 아주 좋다는 말까지 건넸다. 그것도 웃으면서.

그런데 약을 복용하는 내내 머리가 멍했다. 어딘지 모르게 둔해졌고 머리 쓰는 활동(단순 계산을 포함한 정신운동)에 시간이 많이 걸렸다. 그게 약의 부작용 때문인지, 두통 때문인지는 도통 구별이 되지 않았다. 약을 먹기 전에도 기능이 떨어져 있었으니까. 그러나 '통증' 면에서는 분명 나아졌다.

부작용들 ──────── 토파맥스는 약물 농도가 높아지면 발생하는 '급성 부작용'이 있다. 집중장애, 정신운동 느려짐, 언어능력 문제, 졸음, 피로, 현기증, 두통 등이고, 만성 부작용으로는 체중감소가 있다.

언어능력 문제 ──────── 인지기능장애는 토파맥스가 가진 특이한 부작용으로, 다수 환자에게 흔하게 일어날 수 있다. 그럼에도 막상 내가 겪게 되자 얼마나 당황스럽고 슬펐는지 모른다. 별안간 단어가 생각나지 않으니 한순간 바보가 된 기분이었다. 단순히 나이가 들어 생기는 건망증의 일종이라기에는 너무 갑작스러운 변화였기에 약의 부작용이 분명해 보였다. 토파맥스 100mg을 복용하는 환자의 19%에서 인지기능장애가 나타나는데, 나는 고작 25mg를 먹었는데도 그걸 경험했다.

토파맥스의 인지기능장애(집중장애, 정신운동 느려짐, 언어능력 문제, 기억력 이상 등)는 용량 의존적인 부작용이라 고용량일수록 겪기 쉽다. 저용량으로 처음 복용하는 사람이라면 관련 부작용을 겪을 확률은 적은데, 나는 약발이 받아도 너무 잘 받았다. 다행히 언어 문제는 별다른 조치를 취하지 않았는데도 곧 괜찮아졌다. 부작용을 겪은 기간이 어느 정도였는지는 확실치 않는데, 대략 한두 달 정도는 눈에 띄게 단어 선택이 힘들었던 것 같다.

병원에 내가 겪은 부작용을 말하면서 토파맥스의 인지능력 손상이 가역적인지 비가역적인지, 약을 중지하면 원상태로 돌아오는지 물어봤다. 다행히 가역적 반응이어서 약을 중단하면 원래대로 돌아온다고 했다. 만약 영영 돌이킬 수 없다면 편두통 예방약으로서 토파맥스의 우선순위는 뒤로 밀려나야 할 것이다. 좋아지자고 먹는 약 때문에 회복하기 어려운 인지기능장애가 생긴다면 누가 약을 복용하겠는가.

줄어든 체중 ———— 다이어트약에는 식욕억제제와 더불어 토피라메이트 성분이 포함된 경우가 많다. 식욕억제제와 토피라메이트 복합제가 출시될 정도로 체중감소를 목적으로 (원래는 뇌전증약인) 토피라메이트를 많이 사용한다. 나는 처음에는 체중이 줄어드는 걸 느끼지 못했는데, 내 행동에 변화가 없었는데도 어느 순간 체중이 줄어 의아했다. 이유가 뭘까 싶어 알아보니 토피라메이트로 인한 부작용이었다.

몸무게는 천천히 감소하다 어느 수준에서 멈추었고, 한동안 그대로 유지되었다. 그러나 이후 약을 감량하고 끝내 중지하고부터는 체중이 원상태로 복귀하다 못해 증가했다. 갑자기 빠질 때도 당황했는데, 갑자기 찌니 또 당혹스러웠다. 약으로 인한 체중 변화는 좀 급격한 면이 있는 것 같다.

천천히 그리고 앞으로

내게 맞는 병원 찾기 ———— 대학병원에서 두 번째 진료를 받았을 때 의사 선생님과 꽤 길게 이야기를 나누었다. 보통 3분 정도인데, 15분 넘게 면담을 했으니. 그때 이 병원에서 계속 치료받아야겠다고 생각했다. 담당 선생님이 한 번 바뀌기는 했지만, 수년이 지난 지금까지도 계속 같은 병원에 다니고 있다.

병원을 자주 바꾸면 안 좋은 이유 ———— 편두통은 개인마다 양상이 다르고 증상에 차이가 있다. 또 두통 치료는 효과나 부작용 정도를 나타내는 객관적 지표가 없기 때문에 치료를 최적화하기 어려운 부분이 있다. 개개인마다 맞는 약이 달라서 나에게 맞는 예방약을 찾는 데도 시간이 걸린다. 우선순위가 높은 약물을 시도하고 효과를 보이는 약물을 찾는 데 필연적으로 일정 기간이 필요한데, 나처럼 중간에 병원을 바꾸게 되면 그 시간이 더 길어진다. '병원을 자주 바꾸면 안 좋다'라는 말은 대체로 어느 과에나 적용되겠지만, 특히 신경과는 한 곳을 계속 다니는 게 좋다.

의사에게 필요한 시간 ———— 편두통 예방약은 첫 시도에서 운 좋게 자신에게 맞는 약을 바로 찾을 수도 있지만, 그렇지 못할 수도 있다. 환자에게 맞는 약을 찾으려면 한 의사에게 6개월가량의 시간이 필요하다. 예방약을 복용한 뒤 상태가 빨리 호전되지 않는다고 해서 바로 의사를 탓하기는 어렵다. 차도가 보이지 않아 의사에게 믿음이 가지 않을 수도 있지만, 의사를 믿고 한 병원에 꾸준히 다니는 게 어쩌면 더 좋은 선택이 될 수 있다. 새로운 의사를 만나면 또다시 처음부터 치료를 시작해야 하니, 새로운 6개월의 시간이 소요되는 것이다.

다른 병원을 고려하고 있다면 ———— 그러나 환자와 의사 사이에 문제가 있거나 어떤 이유든 더는 그 의사와 함께하기 힘들다고 느낀다면 돌아가는 길이 가장 빠른 길이라고 병원을 바꾸는 게 좋은 선택이 될 수 있다. 새로운 의사에게 지금까지 복용한 약물과 복용 후기 등을 잘 전달한다면, 나에게 맞는 약을 찾는 데 소모될 시간을 조금은 줄일 수 있을 것이다.

도움이 되는 정보

토피라메이트의 부작용

내가 겪은 토피라메이트의 부작용은 식욕부진, 체중감소, 인지기능장애·인지능력손상(단어 선택의 어려움, 단기기억장애)이다. 그러나 토피라메이트의 가장 흔한 부작용은 이상감각으로, 복용하는 환자의 약 50%가 저린감을 경험한다. 그 외 흔한 부작용으로는 졸음, 피로, 현기증, 두통 등이 있다.

편두통 예방약 복용법

편두통 예방약은 부작용을 고려해 처음에는 적은 양으로 시작해야 한다. 최소 유효 용량으로 시작해 목표 용량에 도달하거나, 치료 효과가 나타나거나, 부작용이 나타나거나 혹은 부작용을 견디지 못할 때까지 기간을 두고 서서히 용량을 늘려야 한다.

1. 부작용이 있을 수 있으므로 저용량으로 시작한다.
2. 서서히 증량한다.
3. 임상적으로 효과가 나타나거나 부작용 발생할 때까지 증량한다.
4. 보통 효과를 보는 데 2~3개월이 걸린다.
5. 환자의 두통 일기 등을 보고 효과를 판단한다.
6. 상태가 호전될 때 3~6개월 동안 지속적으로 사용한다.
7. 중단할 때는 서서히 감량한다.

7장

—

작고 큰
삶의 변화들

직장을 그만두기까지

퇴사를 고민하던 그때 ———— 일상생활은 어떻게 했는지, 직장은 어찌 다녔는지 모르겠다. 그냥 무식하게 고통을 참았던 기억만 난다. 얼마나 잘 참았는지 일을 그만두며 옆 동료에게 "일할 때 머리 아파 죽는 줄 알았다"라고 말하자 전혀 눈치채지 못했다고 했다. 대화도 여러 번 나누었는데 말이다.

회사에서는 되도록 월차를 쓰지 않고 토요일만 기다렸다. 새 직장은 월초에 휴가를 언제 쓸지 정하고 계획대로 사용했기에 내 마음대로 일정을 바꿔서는 안 된다고 생각했다. 아픈 사람 병가도 쓰지 못할 정도의 조직은 아니었는데. 그래서 결국 자책하게 되는 것이다. 내 몸과 건강을 지키지 못한 건 결국 나라고 말이다.

일을 그만두게 된 데에는 많은 일이 얽혀 있었다. 그러나 여러 요인이 나를 이루는 요소였기에 얼마든지 비슷한 일이 벌어질 수 있겠다 여겼다. 적응하지 못하면 앞으로도 계속 그럴 거라는 패배감마저 들었다. 그래서 도망치듯 일을 그만두고 싶지 않았다.

사회초년생의 갈등 ———— 지금이야 직장을 그만두는 게 별로 어렵지 않지만, 처음에는 직장을 그만두는 데 무척 회의적이었다. 짧은 기간 급격히 통증이 악화되었기에 그만큼의 시간(두세 달)이 지나면 견딜 만해질 거라 낙관했다. 만약 내 생각보다 더 오래 아플 거라는 걸 미리 알았더라면 고민할 여지 없이 당장 직장을 그만두었을 것이다. 직장을 그만두던 그해처럼 고통스러웠던 적이 없었다.

사회초년생이던 나는 심리적으로도, 금전적으로도 독립했다고 생각했다. 이제껏 가족의 지원으로 온실 속 화초처럼 살아왔기에 누군가에게 기대지 않고 생활력 있게 살고 싶었다. 오롯이 홀로 서자는 마음이었다. 예기치 않게 직장을 그만두는 건 이런 내 계획과는 어긋나는 일이었다. 일상과 독립을 흔드는 크나큰 위협이었다.

언니의 도움
||||||||||||||||||

방아쇠 —————— 말만 걸면 신경질을 내며 소리치는 통에 모두 내 눈치를 보고 있던 여느 날이었다. 그때까지만 해도 내게 일상을 무너뜨릴 중대한 건강 문제가 있으리라고 누구도 생각지 않았던 것 같다. 인지하지 못했던 건지, 인정하고 싶지 않았던 건지 나조차 그랬다. (걱정과는 별개로) 당사자를 포함한 가족 모두 손을 놓은 것과 달리 언니는 나의 갑작스러운 입원 이후 심경의 변화가 있는 듯했다.

하루는 언니가 이것저것 물어왔다. 내 퉁명스러운 대답에 언니는 무언가 결단을 내렸는지 곧 행동에 돌입했다. 인터넷으로 이것저것 찾아보는 듯하더니 편두통 관련 글을 읽고 적당한 기사를 골라 프린트했다. 종이 말미에는 내가 말해준 증상과 상황을 정리해 메모했다. 그리고 엄마와 아빠를 불렀다.

언니의 브리핑 —————— 언니는 부모님 앞에서 설명을 시작했다. 편두통이 어떤 질환인지, 편두통 환자가 어느 정도의 고통을 겪는지, 지금 내 상황이 어떤지 등을 적극적으로 알렸다. 기사를 근거 삼아 내가 겉으로는 그렇게 보이지 않지만 실제로는 매우 고통스러운 상황임을 알렸다. 부모님은 편두통이 출산의 고통에 비견하다는 부분에 특히 놀라워했으며 두통이 그렇게 심할 수도 있다는 사실을 새롭게 인지하고 받아들여야 했다.

브리핑을 하는 언니를 보며 나는 알면 어떻고 모르면 또 어떠냐 싶었다. 지속된 통증으로 자의적 외톨이가 되어버린 나였다. 언니가 뭐라도 해주어 고맙긴 했지만 큰 기대는 없었다. 언니의 노력에도 나는 '내 고통이 이 정도밖에 전해지지 않는구나' 싶어 아쉬웠다. 메모 속의 나는 현실보다 훨씬 견딜 만해 보였으니까(그때는 어떤 것에도 만족하지 못했을 것이다. 나만 아는 통증에 혼자가 된 지 오래였고, 아무도 나를 이해하지 못한다고 생각했다). 동시에 기대하지 않는다면서 여전히 내가 얼마나 힘든지 누군가 이해해주길 바랐다. 내가 말하지 않아도 제발 알아주기를….

기대하지 않았던 효과 ———— 기대하지 않았던 언니의 행동과 미진하다 생각했던 브리핑은 그러나 결과적으로 큰 도움이 되었다. 그날 처음으로 부모님은 내가 아프다는 걸, 내게 문제가 있다는 걸 인식했다. 언니의 노력은 눈에 보였다. 아빠가 궁금한 게 있을 때 질문에 답한 것도 언니였고, 엄마가 내가 아프다는 사실을 좀처럼 받아들이지 못할 때 나서준 것도 언니였다. 내가 도무지 소통할 수 없을 때 대화를 시작하고 그 방향을 정한 사람도 언니였다. 편두통에 대해 알아야한다며 책을 찾아 읽었고(둘 다), 미국 약사가 저술한 내가 제일 열심히 읽은 편두통 책을 사준 것도 언니였다(《24시 약사두통 관리》).

양방향 설득 ────── 설득은 양방향으로 이뤄졌다. 한쪽은 부모님 그리고 다른 한쪽은 다름 아닌 나였다. 언니는 나에게 직장을 그만두라고 설득했다. 언니는 무엇이 문제냐고 물었다. 먹여 살릴 가족도 없고, 빚도 없고, 생활비 걱정도 없는데 왜 직장 그만두는 걸 주저하냐고. 듣고 보니 정말 그랬는데, 당시 나는 독립해 산다며 소녀가장의 마음으로 버거운 짐을 짊어지고 있었다(아무도 시키지 않았다). 언니의 말을 들으며 직장을 그만두지 못할 이유가 없다는 걸 인지했다.

속마음 ────── 지나고 나면 명확해 보이는 일이 당시에는 눈에 보이지 않는 경우가 있다. "왜 계속 일하려 하냐." "회복하고 나서 다시 일하면 되지 않느냐." 심지어 "왜 일하고 싶냐"라는 말까지 들었지만, 나는 어떤 질문에도 쉽게 답하지 못했다. 내 마음을 몰랐으니까. 집요한 추궁 끝에 어물어물 나온 대답, 비로소 깨달은 내 속마음은 이랬다. 지금 그만두면 평생 일하지 못할 것 같았다. 다시 일할 자신이 없었다. 비합리적이고 이해할 수 없는 두려움이었다.

결국은 가야 할 길 ———— 나는 두통이 낫기를 간절히 바라면서도 한편으로는 앞으로도 계속될 거라고 여겼다. 평생 이 통증과 함께 살아야 한다고 생각했다. 가족은 "그만두고 다 나은 다음에 다시 일하면 되잖아"라고 말했지만, 그 누구보다 내 상태를 잘 알고 있는 나는 다시 직장을 구할 수 있을 만큼 그렇게 빨리 좋아질 수 없다는 것을 어렴풋이 인식하고 있었다. 다시 일할 수 없으리라는 공포감에 눈이 멀어 '낫지 못할 것 같아. 그래서 일을 못 그만두겠어'라는 몹쓸 논리가 탄생한 것이다.

언니는 "그럼, 더 그만둬야지. 나아야지. 더 나아지는 데 집중해야지"라며 강하게 나왔다. 정말 두통이 계속되리라 여긴다면 더더욱 직장을 그만두는 게 맞았다. 나을 것 같지 않다면 완전히 낫지는 못한다 하더라도 완화되는 방향으로 노력해야 했다. 일과 후에 건강을 챙기는 것과 하루 종일 요양하는 것. 둘 중 어느 쪽이 몸을 회복하는 데 더 도움이 되겠는가. 정말 낫고 싶다면 일을 그만두고 치료에 힘쓰는 게 옳다.

다시 일할 수 있을까? ———— "언니, 내가 다시 일할 수 있을까?" 내 말을 듣고 언니가 말했다. "왜 못해? 네 직업의 장점이 뭐야. 면허증이 있으니 일할 곳이 많다는 거잖아!"

단순하게 생각하면 나는 다시 일하기에 최적화된 직업을 가지고 있었다(약사라는 직업의 최대 장점은 구인구직이 쉽다는 점이다). 환경적인 문제로 일하지 못할 이유가 없으니 나를 괴롭히는 문제를 해결한 뒤 다시 일하면 된다. 정체 모를 두려움은 언니의 합리적 반박에 점점 희석되었다. 두려움에 가려져 있던 이성이 점차 제 모습을 드러내기 시작했다.

아빠의 반응
||||||||||||||||||

경주마처럼 ———— 매일이 눈물바다였다. 나는 무슨 말만 하면 울었는데, 특별한 말이 오간 건 아니었고 단지 심정적으로 내몰려 있어서였다. 밥 먹다가 울고, 아프다고 울고, 이야기하다 울고. 어떤 자극만 있으면 울어서 눈물이 마를 날이

없었는데, 왜 울었는지는 기억도 안 난다. 지금 내게 어떤 문제가 있고 이를 해결해야 한다는 것밖에는.

안타깝게도 나는 결정적인 순간 시야가 좁아지는 경향이 있다. 앞만 보고 달리는 경주마처럼 하나에 꽂히면 그것밖에 보지 못하는 거다. 때때로 중대한 고비가 닥칠 때 주변의 도움 없이는 벗어날 수 없다는 것을 깨닫는다. 차례차례 방해물을 넘어서는 일에는 언제나 외부의 자극이 필요했다. 그 도움에도 방향을 바꾸는 데 적지 않은 시간이 걸렸다.

아픔의 이유 ———— 가족들은 점차 내 상태를 알아가고 있었다. 그럼에도 부모님은 고작 두통으로 이렇게 아플 수 있다는 현실을 쉽게 받아들이지 못했다. 당사자인 나도 그랬으니 어찌 보면 당연한 일이었다. "너는 왜 그렇게 머리가 아파?" "하필 왜 네가 아픈데?"라고 묻는 말은 한탄에 가까웠다. 아픈 사람 여럿 중 왜 하필 '내'가 아픈 것인지, 혹 내가 아픈 '이유'가 궁금한 건지 모호했다. 아마 둘 다였을 것이다. 그러나 내가 답할 수 없는 질문이었다. 이유가 있다면 그 누구보다 내가 제일 알고 싶었으니까. 왜 하필 나였던 걸까.

아빠와 나 ———— 이상하게 나는 밥을 먹으면서 많이 울었는데, 가족이 모여 앉아 대화하는 환경이 자연스럽게 조성되는 때가 식사 자리여서 그랬던 것 같다. 엄마는 저녁에 일을 했기에 언니와 먹거나, 아빠와 먹거나, 여건이 되면 셋이 먹곤 했다. 처음 식탁에서 울었을 때 아빠가 당황했던 기억이 난다. 아빠는 평소 감정 기복이 크지 않은데 그날도 어김없이 그 성향이 발휘되었다. 식탁을 오가던 젓가락이 멈칫하더니 고개를 돌려 잠시 나를 바라봤다. 아빠는 내가 갑자기 왜 우는지 이유를 몰랐을 거다. 나는 밥상을 앞에 두고 한 숟가락도 뜨지 않은 채 울면서 아빠를 빤히 바라봤는데, 나를 향한 관심을 확인하고 싶었던 것 같다.

처음에는 나에게 온전히 집중하지 않는 아빠에게 섭섭한 마음이 들었지만, 귀를 쫑긋하며 나름 성심껏 반응하는 (때때로 어울리지 않는 질문도 던졌다) 아빠를 보며 '아빠는 내가 우니까 당황스러운가 보다. 당황스러운데 그 감정을 어떻게 처리해야 할지 모르나 보다' 생각했다. 나에게 관심이 없어서, 걱정되지 않아서는 아닐 것이다. 이후로 아빠는 내가 우는 것에 익숙해져서 그러려니 하며 밥을 먹곤 했다(옆에서 언니도 그랬다). 나는 울면서 이것저것 이야기를 했는데, 입이 한 번 뚫리니 그동안 힘들었던 것, 억울했던 것, 직장에 대한 생각들이 와르르 쏟아졌다.

고민 상담 ──────── 한창 직장을 정말 그만두어야 하나 고민하고 있을 때 친한 친구 두 명에게도 이 마음을 토로했다. 친구의 생각도 언니와 같았다. 당장 일은 그만두라고, 새로 직장을 구한 뒤부터 심하게 아팠으니 장소를 바꾸는 것만으로도 많이 나아질 거라고. 그럴듯했다. 그러나 강경한 친구의 반응에 움찔 놀란 나는 '이럴 것까지 있나' 하는 마음으로 슬쩍 뒤로 물러섰다. 다른 한 친구는 내 의사를 존중했다. 적응도 다 했으니 계속 일해도 괜찮지 않겠느냐는 것이다. 그러나 마음 가는 대로 하기에 나는 너무 아팠고 흔들렸으며, 혹 잘못된 선택일까 봐 겁이 났다. 언니와 친구의 말을 듣고 '마침내 직장을 그만두기로 마음먹었다'로 끝났다면 좋았으련만 안타깝게도 그렇지 못했다.

엄마의 반응

왜 나를 안 봐? ──────── 언니와의 대화를 통해 한 자락 되살아난 이성으로 나는 앞으로의 일에 대해서가 아니라 지금의 내가 어떤지에 대해 제대로 말할 필요성을 느꼈다. 바로 엄마에게 말이다. 그날도 엄마는 평소처럼 저녁 늦게 퇴근한 뒤 거실 소파에 앉아 TV를 보고 있었다. 나는 거실을 배회하며 슬쩍 기회를 엿보다 말을 꺼냈다. 나는 "할 말이 있어"라며 아무렇지 않은 척 엄마 옆에 털썩 주저앉았다. 그러나 힘차게 말을 꺼낸 것과 달리 목소리는 흔들렸다. 말을 꺼내기가 힘들어 엉덩이만 뭉개다 겨우 어물어물 내뱉었다.

"엄마, 나 머리가 너무 아파. 매일 아파. 약도 안 들어."

처음에는 "나 요즘 머리 아픈 거 알고 있지? 아픈지는 좀 됐는데"라고 하나씩 말을 꺼냈는데, 어느 순간 울컥 울음이 터져 나왔다. 말하다 보니 그냥 아프다는 말만 계속했다. 매일 아프고, 너무 아프고, 아픈 지 오래되었고, 입원하고 나서도 아팠고, 지금도 너무 힘들다고. 아프다는 말이 지금 내가 얼마나 아픈지를 넘어 나를 좀 알아달라는 말로 들려 뒤늦게 서러움이 밀려들었다. 이게 뭐 그리 어려운 말이라고 이렇게 오래 걸렸을까?

그러나 힘들게 그리고 서럽게 이야기하는 나를 옆에 두고도 엄마는 나를 보지 않았다. 엄마는 말없이 계속 TV에만 시선을 두었다. 내가 진지하게 할 말이 있다고 할 때도, 옆에 앉아 아프다고 말할 때도, 엄마가 나를 바라보길 애타게 기다리며 울먹일 때도. 나를 보라고 계속 보채는 나를 옆에 두고도 엄마는 고개를 돌리지 않았다.

엄마의 두려움 ———— 섭섭함이 치밀어 올랐다. 엄마가 어떻게 그럴 수 있지? 나를 어떻게 외면하지? (나는 엄마가 당장 TV를 끄고 나를 바라볼 줄 알았다) 망부석처럼 꼼짝도 안 하고 앞만 바라보는 엄마의 행동이 당시에는 이해가 되지 않았다. 이상하게 나는 아빠에게는 기대하지 않았던 위로를 엄마에게는 받고 싶었다.

지금은 엄마의 행동을 이해한다. 엄마는 무서웠던 거다. 내 입에서 어떤 말이 나올지 그리고 어떻게 행동해야 할지 몰라서. 진지한 상황을 차마 대면하지 못할 정도로 무서웠을 것이다(엄마는 지독한 회피형이다!). 하물며 상대가 딸이라니 무서움의 수위는 한층 더 컸을 것이다. 엄마는 눈만 앞을 향하고 있을 뿐 모든 감각이 옆에 앉은 나를 향해 곤두서 있었다.

가족의 참전 ———— 엄마는 한동안 어떤 반응도 보이지 않았다. 허탈해진 나는 엄마가 내 고통을 알아주기를, 나를 위로해주기를 포기했다. 허공에 소리치던 내가 입을 다물자 한순간 정적이 내려앉았다. 막막했다. 그렇게 통통 튀던 공은 다른 사람에게 넘어갔다. 다른 가족 구성원이 대화에 뛰어들었다. 가족 모두가 있는 자리에서 공론화한 일을 그냥 없던 일로 할 수는 없었을 것이다. 나는 멍하니 앉아 있다가 오가는 대화 사이사이에 하나둘 말을 얹었다. 동시에 오기가 생겼다. 엄마가 대답하지 않으면 들을 때까지 계속 이야기하겠다고! 엄마는 내 이야기에는 반응하지 않았지만, 언니와 아빠의 말에는 반응했다. 엄마가 나를 일부러 외면한다는 것을 알았다. 가족 간 대화가 몇 차례 이어지고, 어느 순간 엄마는 언니와 아빠를 향해 몸을 틀었다.

엄마의 대답 ———— 폭탄이 투하되듯 자신을 향해 일방적으로 연거푸 쏟아지는 말을 고스란히 듣고 있던 엄마는 뭔가 불만스러운 듯, 내키지 않는 듯 말했다. 이때까지도 엄마는 내가 아프다는 사실을 진지하게 받아들이고 싶지 않았던 것 같다. 엄마는 '만일'이라는 단서를 달며 말했다.

"너 하나 못 먹여 살리겠냐. 평생 같이 살면 되지."

한 번 입을 연 엄마는 아무렇지 않다는 듯 빠르게 말을 쏟아냈다. 그리고 내게 걱정하지 말고 일을 그만두라고 했다.

결단, 그 이후 ———— 언니는 여러 질문으로 본심을 끄집어냈다. 매몰된 고통과 익숙한 상황 속에서 나를 깨우고 설득하며 여러 형태로 나를 두드린 사람은 언니였다. 그러나 결정적인 순간 나를 움직인 것은 다름 아닌 엄마였다.

어깨 위에 얹어진 정체 모를 짐들이 와르르 쏟아져 내렸다(생각보다 나 하나 건사하는 데 부담을 많이 느끼고 있었나 보다). 몸이 한없이 가벼워지자 어떤 선택을 해야 할지 명확히 보이기 시작했다. 돈, 독립심 등을 내려놓자 억눌렸던 마음이 솟구쳤다. 직장을 그만두기로 했다. 그토록 고민했던 것이 무색하게 바로 다음 날 퇴사 의사를 밝혔다.

훗날 엄마는 어떻게 "그만두라"는 그 한 마디를 기다렸다는 듯 곧바로 일을 그만두냐고 했다. 아무래도 엄마는 자식에게 끼치는 엄마의 영향력을 알지 못하는 것 같다. 직장을 그만두는 일은 힘들 것 같았는데 참 쉬웠다. 별일 아니었다.

8장

편두통 환자의
일상

편두통 환자의 하루
||||||||||||||||||||||||||||||||

필수품 ———— 두통이 잦은 사람은 두통이 올 낌새만 있
어도 약부터 찾는다. 아플까 봐 겁이 나서 미리 약을 복용한
다기보다는(물론 그런 경우도 있지만) 필요한 순간 가능한 한
빨리 대응하기 위해서다. 곧 '참기 힘들다'를 넘어 '더는 참을
수 없는' 지점에 이르지 않도록 하려는 준비랄까. 늦으면 늦
을수록 고통을 견뎌야 하는 괴로운 시간이 길어지기 때문에
누가 시키지 않아도 만반의 태세를 갖춰야 한다(반복적으로 경
험하다 보면 감이 생겨서 두통이 오기 전에 미리 약을 먹기도 한다).

나는 외출할 때 제일 먼저 약부터 챙긴다. 약을 먹는다고 해서 반드시 통증이 사라지는 건 아니지만, 그래도 없는 것보다는 낫다.

불안 ——————— 두통이 생활 전반을 장악하니 약에 집착하게 된 건 어찌 보면 당연한 결과였다. 두통이 올까 봐 초조해하면서 집착적으로 주의를 기울였다. 불안이 해일처럼 일상을 덮쳤다. 본능이 깜빡이며 경고를 보내면 통증이 다시 시작되리라는 우려가 걱정에 그치지 않고 현실이 된다. 언제 닥칠지 모를 고통에 무방비로 노출되기를 여러 번 반복하니 불안이 잦아들 길이 없다. 매일이 불안한 나날이었다.

지하철에서 ——————— 지하철을 타고 가다가 운 좋게 자리가 나면 힘없는 몸을 비척비척 이끌고 빈자리에 주저앉았다. 의자에 널브러진 것도 잠시, 고개를 아래로 푹 숙였다. 무게중심이 앞으로 쏠려 조금 이상하게 보일 수도 있고, 지금 내게 어떤 문제가 있다는 티가 날 법한 자세라는 생각이 들지만, 내 코가 석 자라 남들 시선까지 신경 쓸 수 없었다. 파고들 듯 땅으로 고개를 처박고 눈을 감았다. 어둠 속으로 빠져들었다. 그러면 색색의 셀로판지를 댄 듯 까만 세상이 반전되었다. 빨강, 노랑, 초록을 차례로 껐다 켠 것처럼 눈앞이 번쩍였다. 감은 두 눈과 머릿속도 함께 깜빡거리는 기분. 눈을 감았는데도 눈이 부신 것 같다.

익숙한 두통과 설명하기 힘든 거북함이 머릿속을 장악한다. 진저리칠 만큼 불쾌한 감각. 통증과는 결이 다른 이 불쾌감을 견디는 것이 가장 힘들다. 머리가 멍해진다. 어지러운 건지, 울렁거리는 건지, 증상은 복합적이다. 머릿속에서 벌어지고 있는 일들을 참아내려 노력하지만 참을 수 없는 순간이 도래한다. 더는 견딜 수 없을 때는 가방에 소중히 품고 다니는 약 파우치를 꺼낸다. 그러고는 편두통용 진통제(나라믹), 일반 진통제(나프록센, 이부프로펜), 마그네슘, 근육이완제, 위장약 등이 담긴 파우치 속에서 편두통용 진통제를 찾는다. 물이 없어 고심하다 침을 모아 삼키기로 한다. 입안이 바짝 말라 잘 넘어갈까 싶지만 크기가 작아 어렵지 않게 가능하다. 목구멍을 통과한 약이 식도에 들러붙는 건 아닐지 걱정 가득한 상상을 한다.

만약 조금 더 참을 수 있다는 판단이 선다면, 또는 곧 내릴 거라면 손안에 약을 소중히 그러쥐고는 내릴 역에 도착하기를 기다린다. 그럴 때는 시간이 천천히 흐른다. 손아귀 땀으로 알약이 손바닥에 쩍 달라붙어 있다. 지하철 역사 내 음료 자판기를 찾아 물 사 먹기를 여러 번, 언제부터 내 가방 속에는 작은 물병 하나가 자리를 잡고 있다.

병원과 병원 사이 ──────── 큰 효과가 없는 걸 아는데도 뭐라도 해야 할 것 같은 순간이 있다. 진통제 효과를 크게 체감하지 못하는데도 약 없이는 밖을 나서지 못했던 것처럼 말이다. 내가 약에 정서적으로 의존하고 있다는 사실을 처음 인식한 건 대학병원에서 계속 진료받기로 마음먹은 무렵이었다.

편두통 예방약 토파맥스를 37일분 처방받았고, 다음 내원일은 대략 한 달 뒤였다. 약 복용 후 놀랍게도 하루 만에 의미 있는 효과를 보았고(의사 선생님은 그리 빨리 효과를 보는 약이 아니라고 내 말을 믿지 않는 듯했지만 어쨌든) 훨씬 편안해졌다. 그런데도 토파맥스를 2주 정도 복용했을 즈음 도저히 예방약만으로는 버틸 수 없는 지경이 되었다.

약국에서 구할 수 있는 일반 진통제는 전혀 효과가 없고, 그나마 효과 있는 약은 편두통용 진통제 나라믹이었다. 대학병원에서는 편두통용 진통제를 처방받지 않아서 내 수중에 있는 나라믹은 2차 병원에서 받은 게(제일 처음 먹은 트립탄)다였다. 아껴먹으려고 애썼지만 빈번히 복용해서 얼마 남지 않았다. 그 얼마 남지 않은 약으로 다음 내원일까지 버텨야 한다는 게 불안했다. 두통 그리고 내 마음의 안정을 위해서라도 여분의 나라믹이 필요했다.

약이 부족하다 ——— 회색빛 토요일이었다. 가족은 각자의 일로 자리를 비워 집에는 나 혼자였다. 불 꺼진 거실 소파에 몸을 구긴 채 머릿속에서 일어나는 전쟁을 힘겹게 관망했다. 아픔을 참고 또 참던 중 익숙한 불안이 다시 나를 덮쳤다. 병원에 가려면 2주 정도 남았는데, 나라믹은 고작 일주일 치뿐이었으니. 남은 일주일은 생으로 버텨야 하는데 그게 가능할지, 정신이 아득해졌다. 심하게 아플 게 뻔히 보여 겁이 났다. 손에 아무것도 쥐지 않고 일주일을 견디기에는 이미 충분히 버거운 나날이었다. 느리게 흘러가는 하루하루를 나는 약 없이 버틸 수 없었다. 신체적으로도, 심리적으로도.

나라믹을 확보하기 위해 ——— 언제 또 움직이지 못하게 될지 모르는데 조금이라도 움직일 수 있을 때 약을 확보해놔야 하지 않을까 싶었다. 퇴사는 아직 몇 주나 남았고(말하자마자 그만둘걸!) 남은 연차는 없으므로 병원에 갈 수 있는 날은 일주일 중 단 하루, 토요일뿐이었다. 이 비극적인 현실 앞에서 나는 당장 나라믹을 더 확보해야겠다고 결단을 내렸다.

나를 보호해 줘! ─────── 날이 흐렸다. 무심코 옷장에서 까만 모자를 꺼내 머리 깊숙이 눌러쓰고 밖에 나갈 채비를 했다. 햇빛과 소음으로부터 멀어지고 싶었지만 불가능했다. 진실로 내가 피하고자 했던 두통도 막을 수 없었다. 할 수 있는 건 고작 시야를 조금 가리는 모자를 더 깊이 눌러쓰는 것뿐.

천적이 나타났을 때 날지 못하는 덩치 큰 새는 땅에 머리를 박는다고 한다. 제 눈을 가린다고 해서 저를 보지 못할 리없건만 허울뿐인 보호막이라도 찾게 되는 것이다. 고통과 나 사이에 이어진 끈을 잘라버리고 싶다. 그러기 위해 비슷한 행동이라도 해야 했다.

나라믹을 위해 떠나는 여정
||||||||||||||||||||||||||||||||||||||||||||||

병원 전화 ─────── 지도 어플을 켜서 신경과를 검색하니 집 근처에 신경과가 많았다. 어디로 갈지 정하지 않고 우선 병원이 밀집된 지역으로 향했다. 집에서 15분 정도 떨어진 곳에 병원이 많이 모인 사거리가 있었다. 생각보다 가까웠고 걸어갈 만했다. 사거리에 도착해 다시 지도 어플을 켜고, 가까운 거리 순으로 나오는 신경과 목록 중 한 곳에 전화를 걸었다.

대학병원에 다니기로 마음먹은 뒤여서 새로운 신경과 의

사를 만나 증상을 설명하고 도움을 구할 생각은 전혀 없었다. 그저 편두통용 진통제를 처방받는 데 온 신경이 쏠려 있어서 전화를 걸자마자 나는 나라믹 처방이 가능한지부터 물었다.

수화기 너머로 병원에서 곧잘 듣곤 하는 익숙한 톤의 목소리가 들렸다. 뭐라고 말했는지는 기억나지 않는데, 간호사와 몇 차례 말을 주고받다가 "처방은 의사 선생님이 한다"라는 원론적인 답만 되풀이해 들었다. 평소 먼저 말을 거는데 열성적이지 않은 나는 약을 얻겠다는 일념 아래 질문을 바꿔 재차 물었다. 적극적으로 행동한 결과 원하는 답을 얻었다. 간호사는 나라믹, 그러니까 트립탄이 어떤 약인지 모르는 것 같았다. 나는 이 병원에서 나라믹을 처방한 적이 없다는 말로 해석하고 전화를 끊었다.

약국 전화 ———— 나라믹을 얻기 위한 첫 단계인 '신경과 가기'부터 벽에 막혔지만, 이대로 돌아설 수는 없었다. 잠시 갈피를 잡지 못한 채 통행에 방해되지 않는 길 한쪽에 우두커니 서 있었다. 흔들리는 마음을 애써 다잡고 주변을 돌아봤다. 낮인데도 사람이 많았다. 건물 사이로 바삐 움직이는 사람들 틈으로 약국이 보였다.

약국을 보자 무엇보다 약국에 약이 있어야 한다는 데 뒤

늦게 생각이 미쳤다. 원하는 약을 처방받아도 시중에 나오는 모든 약을 공간이 한정된 약국에 다 구비해둘 수는 없기 때문에 평소 잘 쓰지 않는 약은 없는 경우가 많다. 그러니 내가 진정 원하는 게 '약'이라면 병원보다 약국이 먼저였다. 두 번째 전화는 병원이 아닌 약국에 걸기로 했다.

대로변 1층에 있는 약국에 전화를 걸어 나라믹이 있는지 물었다. 편두통약이며 성분은 나라트립탄이라 설명했다. 약국에서는 나라믹은 없지만 졸믹은 있다고 했다. 졸믹은 졸미트립탄 성분으로 나라믹과 같은 편두통용 진통제다. 약국에서 같은 트립탄 계열인 졸믹을 취급한다면 나라믹도 충분히 구해줄 수 있겠다 싶었다. 당장은 없더라도 말이다. 나는 전화한 약국 위층에 있는 '신경정신과'로 발걸음을 옮겼다.

엉겁결에 방문한 정신과 ———— 나는 분명 신경과를 찾았는데 들어가 보니 이게 웬걸, 정신과였다. 아니, 신경정신과라며! 신경정신과는 '신경과'와 '정신과'가 합쳐진 거 아니야? 당연히 이름 그대로의 의미일 거라 생각하고 병원 문턱을 넘었는데, 정작 내가 만난 의사는 정신과 선생님이었다.

처음 병원 문을 열고 들어갔을 때 넓지는 않지만 깔끔한 구조가 인상적이었다. 고층에 있어 바깥 소음이 차단돼 조용

180

했고 대기 환자는 없었다. 딱히 특별할 게 없는데도 다른 병원에서 느껴본 적 없는 안정감을 느꼈다. 낮은 조도와 일정하게 들려오는 라디오 소리에 긴장이 풀렸던 건지도 모르겠다(이래서 정신과인가?). 병원 인테리어에 과하게 신경을 쓸 필요는 없지만, 그 공간이 마음을 편하게 해준다면(정신과의 경우 특히나) 플러스 요인이 되겠다는 부수적 깨달음을 얻었다.

데스크에 인적사항을 말하고 기다렸다. 잠시지만 상황에 어울리지 않는 평온함이 깃들었다. 처음 온 장소가 낯설었지만 금세 익숙해질 것 같았다. 여전히 몸은 아프고 고단했지만 나를 이곳까지 끌고 온 초조함이 잦아드는 기분이랄까.

사실 문을 열고 들어올 때는 몰랐다. 내가 온 곳이 정신과라는 것을. 진료실에 들어가 의사를 만나고 나서야 알았다. 그러니까 첫 정신과 방문은 정말이지 우연이었다.

신경정신과가 어떤 곳이에요? ──── 신경과를 가려다 의도치 않게 정신과에 가게 되었으니 심히 당황스러웠다. 정신과는 '정신건강의학과'라고 써놔야지 왜 신경정신과로 써놓은 건지. 신경정신과는 신경과와 정신과 진료를 같이 보는 것으로 착각할 수 있는데, 정신과 이름 앞에 '신경'이라는 말만 붙었을 뿐 신경정신과는 보통 정신과를 일컫는다(신경정신과=정

신과=정신건강의학과).

예전에는 신경정신과에서 신경과와 정신과 진료를 같이 보기도 했지만 1980년대에 과가 분리되었다. 그러나 과를 분리한 뒤에도 정신병이 주는 부정적 이미지 때문에 신경정신과라는 명칭을 많이 사용했다. 정신과의 40%가 '신경정신과'라는 말을 쓰고 있다고 하니 대략 상황이 어떤지 알 만하다 (이후 정신과 명칭은 정신건강의학과로 변경되었다).

뜻밖의 위안
||||||||||||||||||||

첫인상 ———— 진료실에 들어서자마자 편안했다. 환한 미소가 사람을 이렇게 편안하게 하는구나 싶었다. 두통으로 힘겨운 중에도 이 방 주인이 나를 반기고 있다는 느낌이 들어 놀라웠다. 이렇게 반갑게 환자를 맞이하는 의사는 처음이었다. 비단 의사만이 아니라 나를 아는 어떤 사람에게도 이런 환대를 받은 적이 없었던 것 같다.

정신과가 어둡고 차갑고 불편한 공간일 거라고 생각하지는 않았지만, 그렇다고 밝고 편안한 공간일 거라고도 생각하지 않았다. 막연히 나와 상관없는 장소라 여겨졌던 것 같다. 따뜻한 햇살에 나그네가 스스로 겉옷을 벗는 것처럼 사람 마음이 무장해제되지는 않겠지만, 마음속 여러 문 가운데 적어도 하나쯤은 빗장이 스르륵 열릴 것 같았다.

목표 달성 ———— 의사 선생님의 따뜻한 눈빛에 정신이 팔린 것도 잠시 어떤 연유로 병원에 왔느냐고 물었고, 나는 나라믹이 필요해 왔다고 말했다. 그런데 선생님은 나라믹이 어떤 약인지 몰랐다. 그때 내가 병원을 잘못 찾았다는 걸 안 것이다. 선생님은 자신은 모르는 약이라면서 나라믹이 어떤 약인지 알려줄 수 있냐고 물었다. 환자 앞에서 '모른다'라고 말하는 의사라니! 자신의 무지를 드러내는 전문가를 (의사가 아닌 다른 직종에서도) 나는 이때껏 본 적이 없다.

나는 나라믹을 편두통 때문에 신경과에서 처방받았고 현재도 복용 중이며, 두통이 심해 다음 내원일까지 약이 부족할 것 같아 더 받으러 왔다고 말했다. 선생님은 약에 대해 조금 찾아보는 것 같더니 몇 개가 필요하냐고 물었다. 나는 넉넉히 30개를 달라고 했다. 환자가 약에 대해 뭘 아냐며 (처방은 의사의 영역이자 권한이니) 원하는 약을 처방해주지 않는 경우도 있는데, 다행히 의사 선생님은 나라믹 처방전을 써주었다. 약을 처방받고 나는 바로 자리에서 일어날 생각이었다. 약을 확보하겠다는 유일한 목적을 이뤘으니 말이다.

네 문제가 뭐니? ——— 자리에서 일어나려는데 선생님이 한 가지를 더 물었다. 본인이 도움 될 일이 있는지, 지금 어떤 게 힘든지 말이다. 들어줄 수 있다고 했다. 상냥했다. 목소리와 눈빛, 모든 게. 자신은 이런 일을 하는 사람이라고 말하는 온갖 언어적·비언어적 표현에 마음이 정처 없이 흔들렸다.

누군가 무언가를 물어보면 곧이곧대로 답하는 모범생 근성이 뼛속까지 새겨져 있던 나는 잠시 생각에 잠겼다. '나는 지금 힘들다. 너무 아프다. 어떤 게 제일 힘들지? 뭐가 문제지?' 오래 고민하지 않았다. 내 문제가 뭐겠어! 당면한 문제는 하나, 바로 두통이었다. 그 하나가 너무 커서 다른 문제는 눈에 들어오지도 않았다. 나는 의사 선생님에게 머리가 너무 아파서 힘들다고 했고, 선생님은 몇 차례 방향을 바꿔 비슷한 질문을 던졌다. 나에게서 어떤 실마리를 얻으려 했던 것 같다. '네가 많이 아픈 건 알겠다, 그런데 혹시 두통 외의 다른 문제는 없니?'라고. 나는 아픈 것 외에는 아무 문제가 없다고, 당장 아프지만 않으면 좋겠다고 반복해 말했다. 제발 아프지만 않았으면 좋겠다고.

상담할 상태가 아냐 ——— 상담을 진행하기에 나는 너무 아팠다. 통증 외의 다른 생각은 하기 힘들었는데, 설상가상으로 말하는 와중에 두통이 점점 심해지고 있었다. 집에 있을 때보다 더. 만약 출발할 때 이 정도로 아팠다면 외출은 포기했을 것이다. 나는 몇 번을 반복해 아프지만 않으면 좋겠다고 말했는데, 예상치 못하게 그리고 의도치 않게 또 눈물이 났다. 당시 나에게 눈물은 꽤나 익숙했지만 가족이 아닌 사람 앞에서, 더군다나 초면인 사람 앞에서 우는 건 또 처음이었다(아니다, 두 번째다). 당황은 잠시였고, 눈물을 줄줄 흘리면서도 곧 아무 생각이 없어졌다. 내 사정이 어려워 밖을 돌아볼 여유가 없었다.

울 준비는 되어 있다

눈물 —————— 언제까지 계속될지 모를 통증과 미래가 보이지 않는 이 상황이 좌절스러운데 '무슨 문제가 있니?'라고 묻는 사람이 있다. 아무도 관심 없는 내 문제를 알고자 하는 사람이었다. 내게 너무나 필요한 말이었지만 나 스스로조차 하지 못했던 말이었다. 그 말을 듣는 순간 마음속 물잔이 왈칵 흔들려 쏟아져 내렸다. 침착하게 내 상태를 설명하고자 했지만 눈물을 막을 길이 없었다. 운다고 해서 상황이 바뀌지는 않을 것이다. 그런데 상황이 바뀌지 않은들 울면 좀 어떤가?

눈물로 씻어낸 마음이 조금은 후련해지는데 말이다. 울분과 한탄과 기쁨이 뒤섞인 복합적인 의미의 눈물이었다.

정신과를 찾은 건 나지만 손을 내민 건 선생님이었다. 미련 없이 약만 받고 가려는 환자에게 자기가 도움이 될 수도 있으니 하고 싶은 말이 있다면 다 하라며 몇 번이고 손을 내밀었다. 도움의 손길을 내미는 사람을 앞에 두고 해방감을 맛봤다. 동시에 그럼에도 당장 할 수 있는 게 없다는 좌절감이 밀려왔다.

선생님의 이야기 ──────── 내가 울음을 터뜨리자 선생님은 휴지를 건넸다. 그러고는 가만히 나를 바라봤다. 나는 어떤 말도 할 생각이 없었다. 울어서 머리가 더 아픈 듯도 했다. 그런 나를 알아봤는지 선생님은 자기 이야기를 먼저 꺼냈다. 자기 머리에 혹이 있다고. 짧은 한마디가 가진 무거움에 눌려 아무 반응도 하지 못했다. 뒤이어 선생님은 머리에 혹이 있지만 자신은 혹의 존재를 느끼지 못하고 하나도 아프지 않으며 신기하리만치 통증이 없다고 했다.

양성이라 할지라도 머리에 혹이 있다면 위험성을 무시할 수 없다. 평소 있는지, 없는지 인식할 수 없다 해도 위치가 위치인 만큼 매우 조심스럽게 다뤄져야 한다. 뇌는 인간의 중추적인 기능이 밀집된 중요하고도 민감한 장기이기 때문이다. 증상이 없다 해도 꾸준한 추적 관찰은 필수적일 것이다. 예상대로 선생님은 주기적으로 병원을 방문해 정기검진을 받는다고 했다.

죽을병은 아니야! ———— 선생님은 이렇게 표현했다. 나는 뇌에 구조적 문제는 없지만 통증이 견딜 수 없을 만큼 심하고, 자신은 뇌에 혹이 있지만 통증은 전무하니 우리는 완전히 반대되는 상황이라고. 선생님과 나는 '통증'과 '목숨의 위협'이라는 면에서 정반대 위치에 있었다.

편두통은 목숨에 영향을 주지 않는 질환이다. 만약 편두통 환자가 통증을 호소하지 않는다면 현대의학에서 무병 상태로 인식될 것이다. 나로서는 정말 인정하고 싶지 않지만, 뇌 관련 질환 중 편두통은 경미한 질환으로 취급된다. 질환의 경중을 가리는 일에 사람의 목숨을 기준으로 삼는다면 편두통은 분명 중대하지 않은 질병이 맞다. 아무리 아파도, 환자의 일상이 어그러져도, 설사 하루 종일 죽을 것 같은 통증이 계속된다 해도 결코 목숨에 영향을 끼치지 않는다. 정말이지 믿기 힘든 일이지만 아직까지 밝혀진 바로는 그렇다. 다행인 걸까? 다행인 일일 것이다.

터지지 않는 시한폭탄 ———— 극심한 두통을 겪는 사람이라면 누구나 한 번쯤 해본 생각이겠지만, 나는 정말 내 머리에 문제가 있는 줄 알았다. 그렇지 않다면 사람이 이렇게 아플 수는 없다고 생각했다. 그러나 불행 중 다행으로 내 머리에는 아무 이상이 없었다(뇌CT, MRI를 통해 감별할 수 있다). 조절되지 않는 통증에도 적어도 뇌질환으로부터 목숨을 위협받는 아찔한 상황은 아니었다. 당장의 목숨은 온전히 보장돼 있었다.

그에 비해 머리의 혹은 언제, 어떻게 불이 붙을지 모르는 터지지 않은 시한폭탄과 같다. 운이 좋아 불발탄으로 끝날 수도 있지만, 운에만 맡기기에는 무시할 수 없는 위험천만한 요소다. 왜 나한테 이런 이야기를 하는 걸까? 위로차 건넨 말인걸까? 오늘 처음 본 사람에게 꺼내기에는 내밀한 사정이었다.

질병이 삶을 얼마나 파괴하는지는 숫자가 말해준다. 5년 생존율, 완치율, 사망률 같은 말은 듣는 것만으로도 겁이 난다. 그러나 냉혹한 통곗값 이상으로 숫자가 말하지 않는 그 뒤의 것들이 나는 두렵다. 병원의 냉랭함, 무력감이 감도는 병실, 앓는 소리, 수시로 들고 나는 사람들 그리고 시시각각 닥치는 심리적 어려움은 삶은 비극적인 죽음을 향해 내달리는 열차임을 끊임없이 상기시키는 것 같다. 투병은 일상으로

의 성공적 복귀를 가정한다 해도 결코 겪고 싶지 않은 종류의
것이다.

비극적인 양자택일 ——— 고통으로 점철된 현재와 (당장
아프지 않지만) 앞으로 어떻게 될지 모를 중대한 질병. 암울한
현재와 암운이 드리운 미래 가운데 어떤 게 낫다 말할 수 있
을까? 둘 다 별로인 선택지를 꼭 선택해야 할까. 그냥 우리 둘
다 운이 좋지 않은 거다. 서로 다르게 운이 나쁜 사람이 만났
을 뿐이다.

애증의 나라믹 ——— 아껴먹던 애증의 나라믹 다섯 통을
받아왔다. 여유 있게 확보해둘 생각이긴 했지만 지나치게 여
유 있는 양이었다. 버틸 때까지 버티다 복용했기 때문에 실제
로 먹은 양은 많지 않다. 어차피 머리는 매일 아프고, 아플 때
마다 매번 약을 먹을 수는 없으니(약물과용두통을 의식했다).

　마침내 대학병원 내원일이 되었고, 나라믹에 집착했던 것
이 무색하게 다른 약을 처방받았다. 편두통용 진통제 성분을
나라트립탄Naratriptan에서 알모트립탄Almotriptan으로 변경한 것
이다. 발등에 불이 떨어졌던 경험을 교훈 삼아 이번에는 넉넉
히 받아왔다.

도움이 되는 정보
||||||||||||||||||||||||||||

약물과용두통

진통제를 지나치게 자주 복용하면 약물로 인한 두통이 생길 수 있다. 전문 용어로 약물과용두통Medication Overuse Headaches이라 하며 반동성두통, 약물유발두통, 약물오용두통 등 여러 이름으로 불린다. 약물과용두통이 발생하면 두통이 점점 잦아지다 나중에는 거의 매일 일어나게 된다.

트립탄 선택

트립탄 간의 비교 연구가 없어서 일관적으로 어떤 성분이 효과가 더 뛰어나다고 말하기는 어렵다. 다만 트립탄은 사람마다 잘 반응하는 성분이 달라서 특정 트립탄을 복용 후 효과를 보지 못했다면 다른 트립탄으로 변경해보는 게 좋다. 특정 트립탄에 효과가 없더라도 다른 트립탄에는 좋은 효과가 나타날 수도 있기 때문이다.

9장

———

**편두통을
숨기는 이유**

나도 잘 몰라서 그래

|||||||||||||||||||||||||||||

사진 속 그대 ──── 글을 쓰면서 편두통을 진단받은 때에 찍은 사진들을 두루 살펴봤다. 누구와 어딜 갔는지, 만나서 무얼 했는지 등 잊고 있던 기억의 조각이 퍼즐을 맞추었다. 그러나 완성된 그림을 앞에 두고도 그날의 음식이 어땠는지, 어떤 대화를 나눴는지는 어렴풋한 잔상만 남아 있다. 몇 년이나 지난 일이니 그리 놀랍지 않다. 그럼에도 그때 사진을 보고 있자면 머리가 아팠던 것, 눈앞에 사람을 두고도 대화에 집중하지 못했던 것, 통증을 티 내지 않으려고 힘들어했던

것, 언제 약을 먹을지 시기를 쟀던 것, 진통제를 두고 나와 무척 안타까워했던 기억들이 떠오른다. 사진 속 나는 모든 순간 두통으로 괴로워했다.

익숙해진다는 것 —————— 만성 두통 환자가 되기 전 나는 두통에 대해 잘 모르는 사람이었다. 감기 때문이라면 모를까 두통만 외따로 겪는 이벤트는 정말 일 년에 한 번 있을까 말까 했다. 두통은 내가 모르는 사이 진전되고 스며들어 일상 깊숙이 뿌리내렸다. 마음 한구석 불안을 숨길 수 없었지만 대수롭지 않게 여겼다. '요즘 진통제를 먹어도 효과가 없는 것 같아. 좀 걱정이야' 정도? 나는 몸이 보내는 경고를 눈치채지 못했고, 휴식을 취하라는 요구를 여상히 넘기고 말았다.

과감한 외출 —————— 약을 받으러 약국에 들어갔다. 한낮의 햇빛이 약국 내부를 그대로 투과해 들어왔다. 미세한 먼지 입자가 공기 중에 떠다녔고 정신이 몽롱했다. 밝은 햇빛과 따뜻한 공기가 답답했다. 불현듯 밖에 있는 시간이 버겁게 느껴졌다. 얼른 집에 가서 쉬었으면 좋았을 텐데 나는 예정된 외출을 감행했다. 지금 아프다고 집에 들어가면 밖에 있을 날이 없을 것 같았기 때문이다. 친구들을 만나러 명동으로 향했다.

숨기고 싶은 통증 ———— 잠자리에 들기 전 침대에 누워 친구들과 셀카를 여러 장 찍었다(웃으며 찍은 사진이 여러 장 남아 있다). 본래부터 1박 2일 일정이었다. 운이 따랐는지 낮에 비해 밤에는 컨디션이 괜찮았다. 아픔을 숨길 수 있을 정도로만 아팠으니 견딜 만한 날이었다. 사진을 먼저 찍자고 말할 정신도 있었다. 저녁을 먹으며 한 차례 고비가 있었지만, 그 고비를 어렵사리 넘기자 어쨌든 내가 아프다는 걸 친구들은 알아채지 못했다(그렇다고 믿었다). 통증을 참느라 어쩔 수 없이 말수가 줄기는 했지만 나중에 만회하면 그뿐이었다.

다음 날 일어났을 때는 친구들 모두 이미 깨어 나갈 준비를 하고 있었다. 제일 늦게 일어나는 거야 별다른 일이 아니었지만 아침에 눈을 뜨기 전부터 두통이 있다는 게 문제였다. 느릿느릿 움직이면서도 더 나빠질까 봐 우려스러웠다. 그 뒤로는 걱정했던 대로였다. 브런치를 먹을 때, 궁궐로 이동해 산책할 때, 구경을 끝내고 카페에서 쉴 때 모든 순간 통증이 함께했다. 그때 찍은 사진을 보면 시간이 많이 흘렀는데도 다시금 그때의 아픔이 떠오른다. 참는다고 참았지만 감추지 못했다는 걸 뒤늦게 확인하고 만다.

친절한 제안 ———— 말수가 줄어든 나를 보고 친구가 말했다. "몸이 안 좋아 보여. 머리 아프면 먼저 가는 게 어때?" 다른 친구들도 아프면 먼저 가서 쉬라고 배려해주었지만, 내 입에서는 단호한 거절의 말이 나와버렸다. 반사적으로 나온 말은 생각 이상으로 완강했다. 왜 그랬을까? 단호한 대답이 내 입에서 나왔다는 사실에 나조차 놀라고 말았다. 얼마 전 갑작스럽게 입원했다는 걸 친구들도 알았다. 입퇴원 소식을 거의 실시간으로 주고받을 만큼 가까운 사이였고, 마침 병문안을 와준 친구도 그 자리에 있었다.

지금이라면 아픈 게 티가 나냐고, 알아줘서 고맙다고, 미안하지만 먼저 가겠다고 말했을 것이다. 밖으로 드러내지 않은 내 상황을 먼저 알아봐주어서 감동받았을 것도 같다. 그런데 그때는 친절한 권유에 뜻밖의 불쾌감이 먼저 들었다.

불쾌했던 이유 —————— 깊게 생각하지 않아도 얼마 전 입원한 친구의 표정이 좋지 않다면 걱정되는 마음이 드는 게 당연하다. 관심 어린 시선과 따뜻한 배려에서 나온 말이었을 것이다. 그러나 나는 내 상태를 들켰다는 데서 오는 당혹스러움과 함께 내 안위를 친구들이 결정하려 한다는 데서 온 반발감이 순간 일었다. 나는 내 말수가 급격히 줄었다는 걸 인지하지 못했고, 친구들이 그런 나를 신경 쓰고 있다는 것도 몰랐다.

내 아픔에 대해 어떤 말도 듣고 싶지 않았다. 누구도 대신 겪을 수 없고 알지 못하는 아픔이었으니. 정신이 하나도 없었다. 머리에서 느껴지는 불쾌감은 설명하기 힘들었고, 속은 울렁거렸고, 어깨는 아팠다. 무엇보다 친구들에게 이런 모습을 보이고 싶지 않았다. 숨길 수 없을 만큼 아프다는 사실에 약간의 수치심마저 들었던 것 같다. 둘 다 내 잘못이 아니라는 걸 알면서도 그랬다.

잘못된 현실 인식 ———— 나는 많이 아픈데도 많이 아프지 않은 것처럼 말하곤 했다. 걱정되면서도 그냥 지나치듯 가볍게 말하면 정말 대수롭지 않은 일이 될 거라 생각했는지도 모르겠다. 하루아침에 바뀐 현실을 인정하고 싶지 않아서라기보다 당시 내 현실 인식이 그랬다. 대책 없이 긍정적이었던 건 내심 변모한 나를 받아들이고 싶지 않아서였을 것이다. 나는 아프고, 한동안 계속 아플 거고, 이전과 같을 수 없다는 사실을 말이다.

외출을 포기할 수 없었다. 건강을 잃었다는 증명을 다름 아닌 내 손으로 하고 싶지 않았다. 내 생각과 행동이 바뀌어야 한다는 걸 그때 나는 알지 못했다.

이해받을 수 없다는 마음
||||||||||||||||||||||||||||||||||

편두통 환자가 입을 닫는 이유 ———— 편두통 환자가 입을 닫는 이유는 자신의 상황에 대해 이야기하는 게 의미 없다고 생각해서다. 이 고통을 이해받을 수 있을 거라 생각하지 않는 것이다. 이 불안을 어떻게 이해받겠는가. 편두통 환자라면 누구나 무력감을 느낀다. 자신이 겪는 고통을 설명할 수 없을 때 오는 무력감, 통증을 홀로 감내해야 하는 데서 오는 무력감, 앞으로 또다시 찾아올 분명한 고통을 알고도 당해야 한다는 무력감, 아무리 노력해도 내 고통을 정확히 알리기 어렵다는 데서 오는 무력감을….

'내가 느낀 감각을 누구나 이해할 수 있도록 표현하는 게 가능하다면 얼마나 좋을까.' 수도 없이 생각했다. 누구도 느끼지 않았으면 싶지만, 누구라도 알아봐주길 원했다. 고통 앞에서 언제나 나는 혼자였다.

이해가 필요치 않다 해도 ———— 이해받고 싶은 욕망과 편두통처럼 타인이 이해하기 힘든 감각적 경험의 결합은 나를 향한 무관심에 더 민감하게 반응하도록 만들었다. 누구도 나를 이해할 의무가 없고 먼저 손 내밀어야 할 당위가 없는데도 이를 구했다. 내 세상은 송두리째 바뀌었는데 알아주는 사람이 없는 것 같아 서러웠다. 그 현실에 화가 나고 억울했다.

고립 ──────── 편두통의 악독한 특징 중 하나는(물론 출산에 비견되는 심한 통증도 그렇지만) 고립이다. 두통이 발생하면 환자는 죽을 장소를 찾는 노견처럼 조용히 자리를 뜬다. 다른 사람과 대화는커녕 인기척 없는 곳을 찾아 움직인다(나로 말하자면 서늘하면서 시끄럽지 않고 어둡고 쾌적한 곳에 누워 휴식을 취하고 싶은 마음뿐이다). 어둡고 조용한 곳을 찾는 두통 환자의 습성이 환자를 고립시키는 것이다.

나는 아무도 내가 아픈 걸 알아주지 않는 듯해 속상했다. 육체적 통증 외에도 감정적으로 힘들었다. 두통으로 인해 환자가 느끼는 소외감과 '실질적 고립'은 이차적으로 환자의 삶에 실재적인 영향을 끼친다. 혼자 끙끙 앓는 통에 질병에 대처하는 시기를 놓치기도 하고, 우울증 같은 또다른 정신적 질환으로 이어지기도 한다.

인생은 투쟁 ──────── '나 많이 아프고 우울해. 별로 말하고 싶지 않아. 말해서 좋을 게 없으니까. 이해받지 못할 테니까.' 이런 생각들을 곱씹다 보니 어느 순간 잘못된 생각이라는 것을 알았다. 알아주든 알아주지 않든 말해야 한다. 작은 위로와 배려, 변화를 원한다면 밖으로 알려야 한다. 누군가 적극적으로 내 문제를 대신 해결해주기를 바랐지만, 결국 바깥으로 도움을 구하는 건 내 손에 달려 있다. 말하지 않으면 누구도 내 문제를 알 수 없다.

아픔을 고백하자 나는 너무 쉽게 배려받고 이해받았다. 이렇게 쉬운 일이었다니…. 숨기기 급급했던 내가 되려 이상해 보였다. 고통에 너무 매몰되지 않아야 했다. 더 빨리, 더 많이, 더 강하게 내 문제를 토로해야 했다. 홀로 감당하기 어려운 짐을 나눠지고 싶다면 외부를 향한 소통의 창구를 놓쳐서는 안 되는 것이다. 이해를 구하고, 도움을 받고, 변화를 체감하기까지 너무 오랜 시간이 걸렸다. 누군가가 이를 알려주었더라면 어쩌면 지금과는 다른 내가 되어 있을지도 모르겠다.

약점이 될 수 있다는 것
||||||||||||||||||||||||||||||||||

짧게 일하기 ———— 직장을 그만두고 한동안 쉬어야 했다. 미력하게나마 몸이 회복되었을 때 나는 다시 일을 하기로 마음먹었다. 하루 빨리 일상으로 돌아가 나에게 아무런 문제가 없다는 걸 증명하고 싶었다. 긴 시간 일하기에는 현실적으로

무리가 있어서 파트타임 일자리를 구했다. 주 2~3일 아침부터 저녁까지 길게 일할 수도 있지만 나는 매일 4시간씩 짧게 일하는 걸 택했다. 한 번 출근해서 오래 일하는 게 효율적이지만 갑자기 손쓸 수 없이 아플 경우가 있을지도 모르니 짧게 일하더라도 매일 나가는 게 일단 안심이 되었기 때문이다.

피할 수 없는 질문 ———— 한 번은 약국에서 내 약을 직접 조제한 적이 있다. 병원에 늦게 갈 사정이 생겨 편두통 예방약이 부족해졌고, 집 근처 병원에서 처방을 받아 직접 조제한 것이다. 당시 일하던 약국은 내과약과 감기약 정도만 취급했기 때문에 약을 새로 주문해야 했다. 약을 주문하고, 받고, 검수하고, 챙긴 뒤 약국장님께 손수 약을 조제했다고 알렸다.

약사가 자신이 일하는 약국에서 본인 약을 조제하는 건 대수롭지 않은 일이다. 그러나 약국장님이 지나가듯 무슨 약인지 내게 물었을 때 잠깐 망설였다. 뭐라 설명해야 할지 잠시 고민했다. 둘러대려면 얼마든지 둘러댈 수 있었으니까.

'몸이 좀 안 좋아서요' 같은 무난한 말로 넘길 수도 있었고, '그냥, 먹는 약이 있어요' 정도로 얼버무릴 수도 있었다. 그러나 한편으로 처방전을 보면 어떤 계열의 약인지 다 알 텐데 애써 둘러대야 하나 싶기도 했다.

저 두통 있어요! ———— 당시 나는 편두통 진단을 받은 지 꽤 되어서 내가 두통 환자라는 걸 깨끗이 받아들이고 있었다. 한 달에 15일 이상 두통을 겪는 '만성 두통'이라는 것까지 알릴 생각은 없었지만, 그렇다고 구태여 두통이 있다는 사실을 숨기고 싶지도 않았다. 이미 두통은 내 일부여서 두통을 숨기면 나를 부정하는 느낌이 들었던 것이다. 물어보지도 않은 개인 사정을 나서서 이야기할 생각은 없다. 내 주변 사람 모두 내가 얼마나 많이, 또 얼마나 자주 아픈지 알아야 할 이유도 없지만, 이미 실재하는 현실을 마냥 가리는 것 또한 수고스러움을 감내해야 한다.

"무슨 약이에요?"라는 가벼운 질문에 나는 매일 먹는 편두통약이라고 답했다. 내 말을 들은 약국장님은 눈을 동그랗게 치켜뜨더니 놀라움을 감추지 않았다. 뒤늦게 아차 싶었다. 상대가 놀랄 수도 있다는 생각을 아예 하지 않은 건 아니었지만, 당시 나는 정말 많이 좋아졌던 터라 살짝 마음이 풀어졌던 것 같다. 뭐, 사람이 약 먹을 수도 있잖아? 아픈 게 내 잘못도 아니고, 약은 필요하니 먹었을 뿐인데 말이다.

매일 약을 먹는다는 것 ———— 편두통 때문이라지만 내가 복용한 약은 우울증과 신경통에 쓰이는 약이었다. 이 약이 주는 선입견을 알기에 부러 아무렇지 않은 척 평소와 다름없는 태도로 응했으나 '매일 약을 먹는다'라는 말이 주는 파급력만 새삼 실감하고 말았다.

약국에서 편두통 예방약을 먹는 환자를 만나기란 생각보다 쉽지 않다. 우선 편두통 예방약의 존재를 모르는 환자가 대부분이고, 알아도 매일 약을 먹는 것을 꺼리기도 한다. 다른 두통 환자와 마찬가지로 나도 처음에는 매일 약을 먹는 것에 반감이 있었다. 상황이 여의치 않았을 뿐 가능했다면 약을 먹지 않는 방안을 택했을 것이다.

'편두통 예방약을 먹는다.' 이 자체로 불시에 나를 보는 시선이 달라졌다. 이를 걱정하는 눈빛으로만 해석한다면 너무 순진한 거겠지. 일하는 데 차질은 없을까 하는 눈빛도 있을 것이다. '네가 아픈 건 아픈 거고, 일에 지장을 주면 안 돼' 하는. 그런 얼굴을 마주하면 차라리 숨기는 게 낫겠다는 생각이 들기도 한다. 진짜 약점은 말하는 사람도, 듣는 사람도 불편하게 만든다.

주홍글씨 ——— 아픈 사람과 누가 일하고 싶겠는가? 괜히 일에 지장을 줄 것 같고 찜찜하잖아. 당장 아픈 것도 힘이 들지만, 아픔이 어느 정도 가시고 나면 아프다는 사실 자체가

수치스러운 일이 된다. 불명예스러운 낙인이 찍힌다. 안다. 낙인. 나에게 찍힌 주홍글씨. 나도 누군가에게 찍었을 그 빨간 도장. 어떤 일을 해내는 데 아무런 문제가 없다고 해도 선택받지 못하리라는 제법 현실적인 두려움이 성큼 내려앉는다.

아프다는 이유로 ———— 오랜만에 반가운 친구와 연락이 닿았다. 쌓인 근황을 풀어내는 것만으로도 시간이 술술 갔다. 한창 이야기를 나누던 중 상대가 물었다. "왜 파트타임으로 일해?" 나에게는 이 질문에 대응할 여러 답안이 있었지만, 본질은 결국 아파서 파트타임으로 일하는 것이다.

일을 포함한 내 선택의 근간에는 분명 두통이 존재한다. 두통은 내 일상에 지대한 영향을 미치고 있다. 그러나 어떤 결정을 할 때 두통 외의 다른 요소 또한 헤아리지 않을 수 없으니, 단지 두통만으로 내 선택을 전부 설명할 수도 없다. 그러나 내 의지와 무관하게 내가 아픔으로서 내 모든 행동과 나를 설명하는 이유가 하나로 수렴되고 만다.

상대는 두통 이전에 '나'라는 사람이 있다는 걸 잊어버리는 것 같다. 당사자인 나로서는 좀처럼 받아들이긴 힘들었던 '아픈 나'를 누군가는 너무 쉽게 받아들인다. 그렇게 나는 아픈 사람이 아닌 아프기만 한 사람이 되어버린다.

관계의 위기
|||||||||||||||||

나도 아프고 싶지 않아 ————— 근황을 종종 전해 듣는 엄마 친구 딸이 있다. 몸이 약해 자주 골골거리고 아프다기에 동병상련의 마음으로 간간이 듣는 소식을 놓치지 않고 있던 참이었다. 하루는 이 친구가 밖에 나갔다가 "너는 왜 맨날 아파?" 라는 말을 들었다고 한다. 아니, 얼마나 자주 아프기에 이런 말을 듣나 싶으면서도 당사자에게 이렇게 묻는다는 게 놀랍기도 했다. 허물없이 자주 만나는 사이라면 가능할까 싶지만 (실제로 어떤 사이인지는 모른다), 나로서는 좀 어처구니가 없었다. 세상에 아프고 싶어서 아픈 사람이 대체 어디 있을까?

아픈 사람이 있으면 걱정되고 신경이 쓰인다. 신경 쓰지 말라고 해도 상대는 알게 모르게 양보를 하고 어쩌면 원치 않는 배려를 해야 할 수도 있다. 아프다는 이유로 내가 쓸모없고 무가치하다 생각한 적은 없지만, 때때로 양해를 구해야 하는 건 사실이다. 내가 받은 배려를 모두 돌려주기 힘들다는 사실에 가끔 짜증이 나기도 하고, 상대의 손에 전적으로 달려 있다는 불안정함이 마음을 불편하게 만든다. 아프다는 이유로 나는 곧잘 무력해진다.

일방적 관계에서 오는 두려움 ──────── 약속을 갑자기 취소하거나 약속 중간에 집에 가버리기를 반복한다면 관계를 지속하는 게 힘들 것이다. 실상 아프다는 이유로 약속을 취소한 적도, 중간에 먼저 자리를 뜬 적도 없으면서 이런 걱정을 했다. 막상 따져보면 크게 민폐 끼친 일이 없는데 피해를 주고 싶지 않다는 생각에 다소 강박적으로 반응했던 것은 나에게는 선택의 여지가 없지만 상대는 그렇지 않기 때문이다.

처음에는 내 아픔을 이해해주지 않는 타인이 섭섭했던 적도 있다. 그러나 시간이 갈수록 '선택의 영역'에 있는 내가 외롭게 남겨질까 봐 두려웠다. 배려와 양보도 한두 번이지 언젠가 나에게 질려 멀어질 것만 같았다. 나는 언제까지 배려받을 수 있을까? 나조차 때로 나에게 질리고 지겨워서 버리고 싶을 때가 있는데, 상대가 그러지 못할 이유가 무엇인가.

선의 ──────── 현실에서 손해 보지 않는 행위에 몰두할 때가 있다. 내가 먼저 살아야 주변으로도 시선을 돌리게 되는 자연스러운 이치 앞에 누가 자유로울 수 있을까. 그러나 그 어느 때라도 타인에게 도움이 되고자 하는 선의가 존재한다. 편두통 관련 글을 볼 때마다 캡처해서 보내주는 친구가 있고, 새롭게 알게 된 정보에 혹여 도움이 되기를 바란다며 댓글을 남기는 생면부지의 사람도 있다. 그리고 내가 아파도, 일을 하지 못해도, 신경질을 부려도 괘념치 않고 변함없이 자리를 지켜주는 가족이 있다.

인간이 가진 동물적 생존본능과 더불어 '인간을 널리 이롭게 하라'라는 홍익인간의 정신이 우리 유전자 어딘가에 내재되어 있다고 믿는다. 인간을 인간답게 만드는 무엇이 존재한다고 말이다.

상부상조 ─────── 우리는 살면서 서로 피해를 주고받을 수밖에 없다. 바꿔 말하면 도움을 주고 도움을 받으며 살아간다. 당장 눈에 보이는 이득을 주지 못한다 해도 무언가 할 수 있을 것이라고 낙관한다. 언젠가 어떤 방식으로든 인간 사회에 좋은 영향을 끼칠 수 있으리라고 말이다. 내가 좀 아파서 그렇지 할 수 있는 게 얼마나 많은데. 개똥도 쓸 데가 있고, 고양이 손이라도 필요한 일이 세상에 얼마나 많은가? 마음 한쪽에 고마움을 품고 언젠가 도와줄 기회를 호시탐탐 노릴 것이다.

우리는 괜찮다 ─────── 자연에서 병이 있는 개체는 저절로 낙오된다. 그러나 인간 세상은 약육강식의 논리만으로 돌아가지 않는다. 인간에게는 감정이 있고, 이상이 있고, 도덕이 있고, 논리가 있고, 원하는 대로 행동하고 선택할 자유가 있으니. 아프다는 건 분명 약점이 되겠지만 그렇다고 해서 존중받을 수 없다는 뜻은 아니다. 앞으로 더 나아질 희망이 보이지 않는다 해도 내가 살 가치는 없어지지 않는다.

사람 사는 게 원래 좀 힘들고 아픈 게 당연하다는 인식을 가지면 정상인의 범주는 꽤나 방대해진다. 내가 속한 공동체가, 우리 사회가 약자에게 좀더 관용적이기를 소망한다. 내가 발 딛고 사는 이곳이 배려, 따뜻함, 너그러움으로 조금은 더 유연해지길 바란다. 서로가 서로를 위하는 그런 세상에서 나도 누군가를 한 번 더 배려하고 도와줄 수 있는 사람이 되고 싶다.

10장
—
두통 일기
그리고 그 이후

두통 일기
||||||||||||

편두통 유발 요인을 찾으려는 노력 ──────── 두통 일기를 쓰기 시작한 지 몇 년이 되었다. 두통 일기는 두통 유발인자를 찾기 위한 여정이다. 성공하리라 확신할 수는 없지만 어느 정도 자신의 상태를 파악하는 데 도움이 된다. 나는 두통이 있을 때 어지럼증과 위장 증상(울렁거림, 속쓰림, 소화가 안 되는 증상)이 자주 동반된다. 두통이 오기 전 목이나 어깨가 이유 없이 아프기도 한다. 편두통 유발 요인, 자주 경험하는 두통 전 증상, 동반 증상, 약 복용 후 완화되는 데 걸리는 시간 등을 알고

있다면 언제 닥칠지 모를 고통에 좀더 의연히 대처할 수 있다. 근래 예전 두통 일기를 훑어봤는데, 그때는 참 힘들었지 싶으면서 지금 이렇게 글을 쓸 수 있을 정도로 나아진 것에 감사한 마음이 들었다.

두통 일기 ———— 신경과 의사를 만날 때 꼭 챙겨야 할 것을 꼽으라면 나는 두통 일기를 꼽는다. 두통 일기는 두통 상태를 그나마 객관적으로 판단할 수 있는 지표가 된다. 신경과에 처음 간 뒤 몇 달간은 간단히 메모하는 데 그쳤지만, 점차 상황이 심각해지면서 직접 엑셀표를 만들어 사용했다.

의사와의 소통

부족해 보였던 표현들 ———— 세 번째로 대학병원에 갔을 때 보호자로 언니가 따라온 적이 있다. 언니는 의사에게 별다른 말을 붙이지 않고 가만히 내 옆에 있었다. 언니를 옆에 두고 나는 의사 선생님과 차분히 대화를 이어나갔다. 지금도 그때가 생각난다. 오락가락하는 정신을 똑바로 잡으려 무척 애썼던 기억. 고통 속에서 힘든 내 상황을 전하고 적절한 도움을 받고자 노력했다. 그런데 의사와 면담이 끝나자마자 언니가 말했다. 집에서는 아프다고 내내 울어놓고 어떻게 남의 일처럼 담담하고 아무렇지 않게 '너무 아프고 우울하다'는 정도로 설명을 끝낼 수 있냐고. 자신이라면 그 자리에서 눈물을 보이고 말았을 거라고. 하루 종일 아파했으면서 밖으로 꺼낸 말이 고작 그 한마디였다는 게 언니는 이해하기 힘들었던 것 같다. 마치 남의 일처럼 거리를 두고 말하는 나를 말이다.

소통 실패의 경험 ———— 언니의 말을 듣고 처음 신경과에 방문한 날을 떠올렸다. 그렇다. 이미 나는 전적이 있었다. 오랜 시간을 기다려 드디어 신경과 선생님을 만난 날, 센시발 한 알을 받고 터덜터덜 돌아올 게 아니라 좀더 적극적으로 내 상태를 알렸어야 했다. 그랬다면 입원까지 하지 않았을지도 모른다. 설명을 잘못한 게 아닐까, 표현 방식에 문제가 있었던 건 아닐까, 내 아픔을 과소평가해 표현한 게 아닐까 후회되었다. 나는 내 상황을 제대로 전달하지 못했다. 그 결과 경중에 맞는 약물을 복용하지 못했고, 통증 조절에 실패했다.

조금 과장해서 말하기 ———— "선생님, 미칠 것 같아요. 왜 이렇게 아프죠?" "이유가 뭘까요?" "뭘 하면 빨리 나을까요?" "언제쯤 괜찮아질까요?" "제가 나아지긴 할까요?"

나라고 마냥 무감각했던 것은 아니다. 하소연하고 싶은 마음이 왜 없었겠나. 그러나 '그때의 나'는 힘든 감정을 토로하기보다 이성적이고 또렷하게 내 상태를 알리는 것이 의학적으로 도움을 받는 데 더 효과가 있을 거라고 생각했다. 그래서 가능한 한 정확하게 설명하려 했다. 더도 덜도 말고 있는 그대로를.

그러나 내 시도는 실패했고, 의사에게 가닿지 못했다. 다른 환자와 비교했을 때 내 설명은 지극히 부족했다. 가장 아팠던 순간의 몇 배를 과장해 이야기해도 실제로 표현되는 것은 그 10분의 1도 되지 못하며, 의사에게 전해지는 것은 그마저도 미치지 못한다. 정확하게 전달하려면 아이러니하게도 과장을 해야 한다. 타인이 겪지 못한 개인의 경험을 전할 때는 내 생각보다 더 크게 부풀려 드러내야 한다. 그렇게 하지 않으면 도무지 상대에게 전해지지 않는다.

증명할 수 없다는 아쉬움 ———— 편두통 진단은 환자의 말에 따른다. 두통이 다른 조직으로 침범하는 것도 아니고 상처가 있는 것도 아니니 눈으로 확인할 수도, 다른 진단 장치로 알아볼 수도 없기 때문이다. 그저 증상만 있을 뿐이다. 의학은 빠르게 발전했지만, 두통은 여전히 뇌와 관련된 여러 심각한 질병이 아니라는 소거법을 적용한 뒤 진단이 이뤄진다. 간단히 말해 두통질환은 뇌와 관련된 중대한 문제가 아니면서 일상생활에 지장을 초래하는 이유를 알 수 없는 심각한 통증을 칭한다.

MRI를 찍고 뇌에 문제가 없다는 결과를 받았을 때 당연하다는 생각과 함께 안도했다. 그러나 안도와 동시에 의아했다. 뇌에 아무 문제가 없는데 어째서 이렇게 아픈 건지, 정녕 내 고통은 어느 곳에서도 확인할 수 없는 건지 하고 말이다.

정확하게 전달하기 ———— 안과의사는 눈을 보고, 피부과 의사는 환부를 확인한다. 그러나 두통은 환자가 통증을 말하지 않으면 얼마나 아픈지, 그로 인해 삶이 어떻게 힘들어졌는지 의사 선생님은 알 길이 없다. 어떤 방법으로도 판별할 수 없는 이 질병의 특성 때문에 나는 의사 선생님에게 내 상태를 정확히 전달하는 게 무엇보다 중요하다고 생각했다.

그래서 두통 일기에 그때그때 증상을 메모했다. 병원 예약일이 다가오면 의사에게 알리고 싶은 사항을 한 번 더 살폈다. 이번 기회를 놓치면 한 달은 있어야 기회를 잡을 수 있으니까. 한 달이라는 기간 동안 두통 양상은 변하고, 의사에게 알려야 할 사항은 계속 업데이트된다. 두통 강도, 약 복용 후의 변화, 한 달 동안의 상태, 약으로 두통이 조절되는지, 혹 다른 증상으로 힘들지는 않았는지, 그 밖에 궁금한 점과 더 하고 싶은 말은 없는지 생각했다. 의사와 대면하는 짧은 시간을 효율적으로 쓰기 위해 철저히 준비했다. 그러나 이렇게 준비해도 궁금한 점은 또 생겼고, 불편한 점은 또 발생했다.

심각성 알리기 ──────── 나는 병원을 짧은 주기로 방문하고 있었다. 예방약은 매일 하루 두 번씩 복용했다. 그럼에도 머리에 붙은 불이 도통 꺼지지 않았다. 일상생활이 불가능한 것 이상으로, 잠을 자지 못하는 것 이상으로, 진통제가 들지 않는 것 이상으로 나에게는 문제가 있었다. 담담한 문장 속에 숨어 있는 문제를 알아봐주기를 바랐지만 상대는 알아보지 못했다. 가지고 있는 모든 에너지를 끌어모아 겨우 유지한 평정심이 가져온 반작용이었다. 말을 고르고 깎아 전달하는 게 나를 방어하기 위한 효율적인 방식이라 여겼건만, 이 효율적인 행위가 감정을 드러내는 데는 도리어 불리하게 작용했다.

상황과 어울리지 않는 평정심으로 감정을 억누르고 있었느니 의사 선생님이 심각성을 인지하지 못한 건 어찌 보면 당연한 일인지도 모른다. 말로 표현하는 게 어렵다면 다른 방법을 강구해야 한다. 지금과는 다른 방식으로 내 상황을 알려야 했다. 절박한 마음이었다. 아픈 머리를 부여잡고 엑셀표를 만들었다. 감정적 호소가 어려웠던 '그때의 나'가 할 수 있는 최선의 방식이었다.

통증 지수
||||||||||||||

기록의 변천 ———— 처음에는 단순히 아플 때마다 기록하려 했다. 온 신경이 머리에 쏠려 도저히 참을 수 없을 때만 골라 기록하기도 했는데, 이를테면 이렇다.

> 1일: 9시 30분, 1시, 2시, 2시 30분 이부프로펜, 5시 뒷머리 쭈뼛
> 2일: 10시 30분, 4시 30분, 6시, 8시, 9시 이부프로펜

이런 식으로 휴대폰 메모장에 간단히 기록했다. 메모하지 않는 때라고 아프지 않은 건 아니었지만, 이런 구분이라도 해 두어야 기록에 의미가 있겠다 싶었다. 단순히 아픈 날을 체크한다면 '머리가 아프다'라는 한 가지 결과만 나와 매일이 똑같아 보였다. 그래서 하루를 3시간 간격으로 세분화했다. 시간대마다 통증 강도를 숫자로 기록했다. 그러자 어제와 오늘과 내일이 마침내 구분되었다. 매일이 다른 날 같았다.

엑셀로 만든 두통 일기 ─────── 통증 범위를 1~5까지 잡고, 통증 강도에 따라 숫자로 표현했다. 내가 정한 대략적 기준은 이렇다.

    0: 통증 없음.

    1: 무시할 만한 수준.

    2: 여기까지는 견딜 만하다.

    3: 3부터는 혼자 방에 있는다. 진통제는 3 수준에서 먹는다.

    4~5: 침대에 누워서 일어나지 못한다. 아무것도 하지 못한다.
        고통 속에서 몸부림치는 단계.

　　3시간마다 통증에 점수를 매기고, 통증 강도가 직관적으로 보이도록 색을 입혔다. 숫자가 클수록 색을 진하게 칠하자 색의 변화로 두통 양상을 한눈에 확인할 수 있었다. 이런 기록이 한 장 한 장 쌓이면 두통 경향이 보인다(230쪽 참조).

NRS 숫자 통증 점수 ─────── 통증에 점수를 매긴 것은 환자 스스로 본인이 느낀 통증의 정도를 표시하는 '통증 점수'의 존재를 이미 알고 있었기 때문이다. 통증은 주관적이지만 이를 수치화하려는 노력이 없지는 않았다. 아파서 신경과에 가본 사람이라면 NRS를 한 번쯤 들어봤을 것이다.

NRSNumeric Rating Scale는 숫자 통증 등급으로, 환자가 아픈 정도에 해당하는 숫자를 고르는 것이다. 통증 점수는 0~10까지 있으며 10으로 갈수록 고통이 심한 것을 뜻한다. 나도 NRS를 참고해 통증 단계를 0~10으로 잡으려 했지만 너무 복잡해질 깃 같아 0~5까지로 간소화했다.

의미 있는 자료가 될까? ━━━━━ 환자의 말은 자의적이며 사람마다 통증 강도에 대한 판단이 다르다. 기억의 휘발마저 빨라 열흘만 지나도 어디가 얼마나 아팠는지 희미해진다. 고통이 빨리 잊히는 건 다행이지만 조금은 억울한 마음이 든다. 엑셀로 만들지 않았다면 진작 사라졌을지 모를 기억들이다.

고통을 겪는 주체가 동일해도 같은 상황에 같은 점수를 매기지 못한다. 일관적이지 않고, 부정확하며, 신빙성이 떨어진다. 환자가 주관적으로 판단하기에 개인차가 있을 수밖에 없다. 엑셀표를 채우면서 나는 대체적인 경향을 보는 데 사용할 뿐 객관적으로 믿을 만한 자료라고는 생각하지 않았다. 기준이 명확하지 않은 통증 점수가 무의미한 자료라 여겨질 수도 있지만 그래도 없는 것보다는 낫다. 내 전반적인 상태를 의사에게 보여주기에 충분히 의미 있는 자료였다.

엑셀표의 효과 ————— 엑셀표를 가지고 병원에 간 날, 의사 선생님은 한눈에 드러나는 내 상황의 심각성을 인지한 것 같았다. 선생님은 통증 수치가 4~5 이상인 날을 손으로 꼽더니 내가 한 달에 15일 이상 심각한 두통을 겪고 있다는 걸 확인했다. 그중 며칠이 편두통인지 가늠해보고 만성 편두통이라고 진단했다. 두통으로 머리가 아픈 줄만 알았지 내가 만성 편두통 환자임을 처음 알게 된 날이었다.

두통이 조절되지 않는다는 것을 확인하고 편두통 예방약을 증량하는 동시에 새로운 약을 추가하기로 했다. 필요할 때 먹는 진통제인 알모트립탄과 나프록센도 처음 처방받았다. 이때까지 통증이 왔을 때 먹는 약조차 처방받지 않았던 것이다! 그동안 오로지 예방약 효과만을 기대하며 생으로 앓고 있었다니.

이후의 엑셀표 ————— 의사와의 소통이 효과를 본 뒤 한동안 두통 일기, 메모장, 통증 점수 세 가지를 병행해 기록했다. 첫해에는 의사에게 할 말이 참 많아서(=많이 아파서) 따로 할 말까지 정리해야 했다. 그러나 두통이 좀 나아지면서는 엑셀표 하단에 할 말을 간단히 작성하는 것으로 충분했다.

이렇게까지 해야 할까?

오늘은 몇이야? ——————— 아빠는 퇴근하고 집에 오면 거실 소파에 누워 있는 내게 묻곤 했다.

"오늘은 몇이야? 2야? 3이야?"

집에서 나는 통증 점수를 더 간략히 해서 1~3 가운데 하나를 말했다(0인 날은 없어서 제외했다). 나는 누운 자세에서 미동 없이 2나 3이라고 소리쳤는데, 대답을 들은 아빠는 "오늘은(도) 아픈가 보네" 하며 더는 말을 걸지 않았다(이처럼 통증 강도는 의사만이 아니라 가족에게도 현재 얼마나 아픈지를 알리고 배려받을 수 있는 하나의 효과적인 방안이 될 수 있다!). 처음에는 아빠의 질문이 나를 놀리는 건가 싶기도 했지만(어차피 맨날 아픈데 왜 묻나 싶었다), 시간이 지나다 보니 아빠의 짧은 질문이 걱정과 관심이었구나 싶었다. 숫자로 물어온 것 또한 내 장단에 맞추기 위한 노력이었을 것이다.

엑셀표를 본 친구의 말 ——————— 한번은 친구가 엑셀표를 보더니 의사도 환자에게 '이렇게 아프다, 저렇게 아프다' 같은 단편적인 이야기만 들어 답답한 구석이 있을 텐데, 수치화된 자료를 보고 판단할 수 있으니 좋을 것 같다고 했다. 듣고 보니 그럴 수 있겠다 싶었다. 내가 만든 자료를 꼼꼼히 읽어준 의사에게 (무시하지 않고 참고해줘서) 고마운 마음이 들었다(그러나 가끔은 병원에 가는데 이렇게까지 준비해야 하나 싶다).

기대와 실망, 그럼에도 ———— 의사가 쓴 내 의료기록을 본 적이 있다. 의사의 기록을 보면 내가 한 말에서 한 번 더 요약을 한다. 의료기록만 보면 (의사는 모르겠지만 당사자인 내 입장에서) 실제로 아픈 정도와 차이가 난다. 예를 들어, 나는 4월에 정말 아팠는데 차트상으로는 4월과 5월의 차이가 잘 드러나 있지 않았다. 의사와 환자 간의 의사소통이 원활하지 못했다는 뜻이다. 내가 느끼는 증상을 몇 배는 과장해 말해도 모자르다는 결론을 내린 이유다. 사람과 사람 사이의 소통은 생각보다 쉽지 않다.

　의사는 신이 아니다. 의사는 질병에 대해 조금 더 잘 아는 사람일 뿐이다. 아직 밝혀지지 않은 질환도 많고, 인간이 다루지 못하는 질병도 많다. 의사도 인간이다. 알고 있는데도 의사의 한계를 목도하는 순간 왠지 모르게 섭섭한 마음이 드는 건 어쩔 수 없다. 낫고자 하는 욕망이 의사를 전지전능한 존재로 격상시킨 건가.

인정, 관심, 동조 ———— 만성적인 장기 환자가 되니 안 그러려 해도 의사에게 의학적 처치만이 아니라 그 이상을 바라게 된다. 불안과 고통을 알아주는 것은 물론이고 나와 비슷한 처지의 다른 사람들은 어떤지, 나는 괜찮은 건지, 어느 정도 진행 단계에 있는지 같은 여러 사항이 궁금해지는 것이다. 환자는 의사에게 일 인분 이상의 역할을 기대하게 된다.

'의사를 만나는 건 병을 치료하기 위해서지 공감과 위로를 얻기 위해서가 아니야. 심정적인, 감정적인 어떤 것을 얻으려고 시간과 노력을 쓰지 않을 거야.' 몇 번이나 마음속으로 다짐해왔다. 그럼에도 의사의 입에서 "힘드셨겠네요"라는 말을 듣는 순간 울컥한다. 이런 상황이 원망스러운 건 아니지만 역시 일방통행이지 않나 하는 생각은 종종 든다. 환자는 의사를 향해 일방적인 구애를 보낼 수밖에 없는 것 같다.

의사에 대한 믿음 ————— 나는 의사가 환자를 치료하는 데 최선의 방안을 택하리라고 믿는다. 심리적으로 동조하지 않아도, 나에게 특별한 관심이 없어도, 그다지 친절하지 않아도 한국에서 정규 교육을 받은 의사라면 환자의 병을 치료하는 데 제 의무를 다할 거라고 말이다. 의사에 대한 믿음 외에 하나 더 믿는 구석이 있다면 통상 한국은 적극적으로 약물치료를 시행한다는 점이다. 일단 병원에 가면 빈손으로 나온 적이 없다. 어쩌다 약 없이 나올 때면 자유로운 두 손이 어색하고 별로 아프지도 않은데 설레발친 건 아닌지 머쓱해진다.

　의사에게 자기 상태를 보이고, 약물을 쓸 필요가 없다는 확인을 받는 것만으로도 병원을 찾을 이유는 차고 넘치지만, 한국은 병원과 약을 동일선상에 두고 바라보는 경향이 강하다. 이를 보면 약물치료가 얼마나 보편적이고, 한국에서 얼마나 적극 권장되고 있는지 가늠할 수 있다(같은 증상이라도 자연 치유에 맡기는 등 훨씬 보수적으로 약을 쓰는 나라도 있다).

약물 가이드라인 ──────── 의학적으로 규명된 질환이라면 질병의 진단과 약물 처방에 대한 기준이 명확하게 확립되어 있다. 현재 시점에서 가장 효과가 좋은 치료법으로서 약물치료 가이드라인이 존재하는 것이다. 진단명에 따라 사용할 수 있는 약물 후보군이 정해지는데, 세부적으로 들어가면 성분마다 특징과 차이가 있지만, 큰 분류로 봤을 때 동일한 질환에 사용하는 약의 범위는 한정되어 있다. 이를테면 혈압이 높은 사람은 혈압약, 당 수치가 높은 사람은 당뇨약을 먹는다. 혈압이 높은 사람에게 생뚱맞게 고지혈증약을 처방하지는 않는다는 말이다.

사람마다 다르다 해도 ──────── 편두통으로 진단받은 환자가 있다고 해보자. 환자에게 진통제 이상의 추가 개입이 필요하다면 예방 치료를 시작할 것이다. 편두통을 예방할 수 있는 약물은 정해져 있는데, 이때 '1차 치료약물'이라는 개념이 등장한다. 1차 치료약물은 특정 질환에서 가장 먼저 사용이 고려되는 약물을 말한다.

사람마다 약물에 대한 반응성이 다르다고 앞서 말했다. 어떤 사람에게는 특정 약물이 더 효과가 좋을 수도 있지만, 반대로 아닐 수도 있다. 사용하기 전에 답을 알면 좋겠지만 불가능한 일이다. 그러나 확률이 높다면 들어맞을 가능성이 커진다. 사람은 모두 다르지만 이런 확률 게임 앞에서는 모든 이가 동등해진다. 확률 게임의 가장 유리한 고지, 앞선 경험과 데이터 그리고 통계를 통해 얻어낸 결론, 이게 바로 1차 치료약물이 가진 힘이다.

1차 치료약의 힘 ──────── 1차 치료약물이라고 딱 한 가지만 있는 것은 아닌데, 예를 들어 편두통 예방에 사용하는 1차 치료약물로는 토피라메이트, 프로프라놀롤, 티몰롤 등이 있다. 여러 1차 치료약 중 환자에게 가장 맞는 약이 있다고 한번 가정해보자(효과가 비슷비슷할 뿐 가장 맞는 약이라는 게 애초에 없을 수도 있지만). 그리고 의사가 가장 맞는 약을 선택하지 '않았다'고 해보자. 만약 그렇다 하더라도 어찌 되었든 1차 치료약 중 하나를 택했기 때문에 환자에게 유효한 효과가 나타날 것이다. 애초 1차 치료약이 1차 치료약이 된 이유가 다른 성분보다 더 많은 사람에게 더 높은 치료 효과를 보였기 때문이니(1차 치료약의 효과가 없는 경우가 없지는 않다. 그러나 다른 어떤 경우보다 호전될 확률이 높은 약물을 먼저 사용했다는 것을 기억해야 한다. 처음 선택한 1차 치료약으로 효과를 보지 못했다면 다른 1차 치료약으로 성분을 변경하거나 다른 약제를 추가한다).

어떤 의사를 만나더라도 ———— 약물치료는 현대의학의 중추적인 치료법이고, 의사라면 기본적인 진단과 약물치료를 성실히 수행할 것이다. 의사는 진단 기준에 맞춰 진단을 하고, 각종 논문과 임상연구를 통해 확립한 가이드라인에 따라 약물을 처방한다. 모두 동일한 교육을 받았고, 그 결과가 지금의 체계화된 현대의학이다. 그렇기에 일단 진단이 되면 주치의가 누구건 약물의 선택과 치료에는 크게 차이가 없다. 어느 병원을 가든 비슷한 결과를 얻는 것이다. 따라서 나는 어떤 의사를 만나느냐에 대해 별로 걱정하지 않는다.

중요한 건 소통하려는 마음 ————— 글을 마치며 하나 당부하고 싶은 게 있다면, 목마른 사람이 우물을 판다고, 건강 문제에 있어 적극적으로 소통하는 태도를 가졌으면 좋겠다는 점이다. 의료진이든 주변인이든 적극적인 환자에게 더 적극적인 태도를 보일 확률이 높으니까. 자신의 건강을 자존심(혹은 체면)과 저울질하지 말자. 도움이 필요하다면 기꺼이 도움을 청하기를 바란다.

도움이 되는 정보
||||||||||||||||||||||||||

두통 일기에 쓴 것들
내가 두통 일기에 기입했던 것들은 대략 다음과 같은 사항들이다.

- 날짜
- 두통 시작 시간
- 두통 종료 시간
- 두통 지속 시간

- 두통 강도
- 두통 증상
- 동반 증상
- 두통 유발 요인
- 복용한 약
- 약 복용 후 두통이 소실되기까지 걸린 시간

모든 항목을 정확하게 작성하기란 생각보다 쉽지 않을 것이다. 두통의 시작과 끝, 증상 등이 깔끔하게 맞아 떨어지지 않아 때에 따라 기입하기 애매한 항목이 생길 수밖에 없다. 그럼에도 전체적인 경향성을 파악하기 위해 대략적으로라도 두통 일기를 작성하는 게 좋다.

나는 최근 몇 년간 병원에서 준 두통 일기를 사용하고 있는데 대한두통학회에서 만든 두통 일기 어플도 있다. 나는 편하고 익숙한 수기 방식을 유지하고 있지만, 어플이 상당히 잘 만들어져 있으니 두통 일기를 처음 쓰는 사람이라면 사용해도 좋을 것이다.

NRS 숫자 통증 점수

환자가 느끼는 통증 정도를 0~10까지 숫자 가운데 하나를 선택해 표현한다. 0은 통증이 전혀 없는 상태이고, 10은 환자가 상상할 수 있는 가장 심한 통증을 말한다.

0: 통증 없음

1~3: 가벼운 통증

4~6: 중간 정도의 통증

7~10: 심한 통증

통증 지수 엑셀표 예시

||||||||||||||||||||||||||||||||

		5월	
시간	1일	2일	3일
6~9시	0	4	3
9~12시	1	2	3
12~15시	2	2 어지러움	3 어지러움
15~18시	1	2 울렁거림	4
18~21시	2	3 오한	5
21~24시	3 새벽 오한	2 오한	5

	8일	9일	10일
6~9시	4	2	3
9~12시	3 뒤통수 쭈뼛	2	3
12~15시	3	4	4 메스꺼움
15~18시	4	4	5
18~21시	5	4	2 메스꺼움 심함
21~24시	3	5	2 메스꺼움

1 무시할 만한 수준　　2 견딜 만한 수준

3 약 없이 참을 수 있을 정도　　4 견디기 힘든 수준

5 제일 아픈 단계

230

4일	5일	6일	7일
3 생리통	3	3	3
4	3 오한	5 오한/열	4
2 생리통	3 머리 두근두근	4	3
4 생리통	5	3	4
4	5	4	4
5	4	4	2

11일	12일	13일	14일
1	1	3 울렁거림	1
2	2	3 울렁거림	2
3	4	3 울렁거림	3
4 울렁거림	4 울렁거림	1	4
4 울렁거림	4 울렁거림	1	4
4 울렁거림	4 울렁거림	0	4

10장 두통 일기 그리고 그 이후

고통의 의미
||||||||||||||||||

처음에는 이 고통에 어떤 의미가 있으리라 생각했다.

하늘이 장차 그 사람에게 큰일을 맡기게 하려면 반드시 먼저 그 마음과 뜻을 괴롭게 하고, 근육과 뼈를 깎는 고통을 주고, 몸을 굶주리게 하고, 생활을 궁하게 하고, 하는 일마다 어지럽힌다. 그 이유는 그의 마음을 흔들어 참을성을 기르고, 불가능한 일을 능히 해내게 하기 위함이다.

피할 수 없는 고통 앞에서 맹자의 〈고자장告子章〉을 되새기며 스스로를 위로했다. 세상이 나에게 내려준 시련을 극복해내리라고 말이다.

신을 찾았다

|||||||||||||||||

견딜 수 없는 통증이 이어졌다. 신경줄이 점점 가늘어지는 듯해 이러다 죽을 수도 있겠다는 생각이 들었다. 무서웠다. 신에게 매일 기도했다. 하늘의 안배, 아픔의 원인을 찾으며 내가 겪는 고통이 그저 무의미한 일이 아니기를 바랐다. 그러다 불현듯 이 고통에 의미가 있어서는 안 된다고 생각했다. 세상 그 어떤 의미도 '생'을 앞설 수는 없다. 나에게 일어난 비극을 해석하려 했지만 그저 현상일 뿐, 어떤 의미도 의도도 없이 그냥 아픈 거다. 운 나쁘게. 무력함에 거실 바닥에 누워 소리 내 엉엉 울었다. 비참했다. 엄마가 내 어깨를 주무르며 "내가 대신 아파줄 수도 없고…"라고 말했다.

건물주

|||||||||

편두통 진단 후 1년쯤 지나자 가벼운 외출이 가능해졌다. 한

번은 길을 걷던 중 언니가 물었다. "건물주 되는 것, 두통 없이 사는 것 중 고르라면?" 언니는 내가 많이 좋아졌으니 건물주를 고를 줄 알았던 것 같다. 몇 달 빨리 이 말을 들었더라면 나는 크게 소리 지르며 화를 냈을 것이다. 지금 내가 아픈 게 장난으로 보이냐면서.

　　그러나 바깥 생활이 가능해지고 나는 제법 너그러워졌다. 조금 화가 났지만 어처구니없다는 생각이 더 컸고, 잠시 고민하며 머뭇거린 나에게 웃음마저 나왔다. "당연히 안 아픈 게 낫지. 건물주하곤 비교할 수 없어." 나는 온화하게 답했다. 언니는 "네 성격이 원래 이랬던가? 성인이 되면서 예민해진 줄 알았는데, 아니었구나?"라고 말했다. 몇 년간 나는 늘 화가 나 있어서 나도 내가 뾰족한 사람인 줄 알았다. 두통이 잦아들고서야 내가 통증 때문에 예민하게 굴었다는 걸 알았다.

나아지는 과정
||||||||||||||||||||||

초기에는 두통 없는 세상을 꿈꾸며 나을 수 있을 거라 낙관했지만, 반복된 좌절로 내 욕심일지도 모른다는 생각을 했다. 한번 머리가 아프면 열흘 정도 이어졌다. 며칠은 그럭저럭 버텼지만, 일주일이 넘어서면 진짜 못 살겠다는 생각과 함께 급

격히 우울해졌다. 좋아지기를 바랐지만 여기까지일 수도. '그래, 내가 원한다 해서 다 될 이유는 없으니까.' 아슬아슬한 시간이 지나 통증이 잦아들면 일상이 이어졌다. 이만큼이나 나아졌다는 데 감사하기로 했다. 죽을 수도 있겠다 싶던 최악보다는 나았다.

의미를 찾아서

3년 전 처음 글을 쓰기 시작했다. 아프지 않은 시간이 생기자 시작한 일이었다. 내 고통 자체에는 아무 의미가 없다 해도 그 시간이 나에게 남긴 게 있을 것이다. 뭐가 되었든 아무의미 없는 시간이 아니었으면 좋겠다. 고통으로 끝나지 않고, 잊고 싶은 과거로만 남지 않기를…. 아파도 하고 싶은 일이 있다면 내가 보낸 시간과 과거에 의미를 부여하는 일이었다. 그리고 의미는 다름 아닌 내가 부여하는 것이다.

최근의 상태

좋아지다 나빠지다를 반복하다가 확 좋아지는 순간이 몇 차례 있었다. 신경과를 메인으로 삼으며 한의원을 다녔다. 침과

한약의 도움을 받았다. 머리에 보톡스를, 배에 엠겔러티를 맞고, 현재는 항CGRP를 복용 중이다.

한 달에 15일 이상 두통이 있는 '횟수' 면에서는 변함이 없지만, 하루하루 퍽 견딜 만해졌다. 통증 강도가 낮고, 지속 시간이 짧다. 하루 30분만 아픈 날도 있고, 잠깐 딴짓하거나 바람을 쐬면 나아질 때도 있다. 많이 좋아졌다 여겼는데 더 좋아질 구석이 있다니. 살 만해진 지 오래인데 더더 살 만해지고 있다. 지금만 같다면 이대로도 상관없으니 건물주를 택할지도.

운동
||||||

두통이 점차 약해지면서 여유가 생겼다. 요가, 필라테스, 발레, 수영을 거쳐 요즘에는 다시 요가를 한다. 그리고 매일 7000보씩 걷는다. 편두통 환자는 운동을 해야 한다. 운동은 편두통 예방과 증상 완화 둘 다에 효과적이다. 병원에 갈 때마다 매번 걷거나 달리기 같은 유산소운동과 근력운동을 하라는 말을 듣는다. 최종 목표는 러닝이지만, 당장은 불가능해서 빠르게 걷기부터 실천 중이다. 몸이 좋아지기 위해 앞으로 몇 년간 해낼 게 있어서 희망차다.

변화

내 생활에는 희비가 자주 교차한다. 내 뜻과 상관없이 아프고, 밥을 잘 못 먹고, 하던 일을 멈추고 쉬어야 하는 순간이 있다. 안 아픈 날이 소중하고(머리가 맑은 날이 생기고 나서야 강도가 약할지언정 내가 항상 아팠다는 걸 뒤늦게 알았다), 아픈 순간도 끝이 있으니 감사한 일이다.

간단하게 생각하기로 했다. 먹을 수 있을 때 먹기, 할 수 있을 때 하기, 졸리면 자기. 나는 이제 더는 왜 아픈지에 골몰하며 힘을 빼지 않는다. 나의 작음을 알고, 집착과 강박을 내려놓고 한정된 시간을 소중히 쓰기로 했다. 안 그래도 아플 때가 많은데 안 아플 때는 좀더 나를 위한 선택을 하기로 말이다. 나는 이전보다 거절을 잘하고, 잠을 많이 자고, 자책하지 않는다.

완치

두통은 완치가 없다. '두통 완치'를 아프기 전 상태로 돌아가는 것으로 삼는다면, 완전히 새로 태어나야 가능한 일인지도 모른다. 아프고 안 아픈 게 내 뜻대로 되지 않는 것처럼, 노력해도 결과가 따라오지 않을 수 있다. 그러나 덜 아플 수는 있다. 일상생활을 하는 데 무리 없을 정도로 좋아질 수 있다.

한번 오면 일주일에서 열흘가량 이어지던 두통이 어느 순간 이삼일로 줄었다. 최근에는 두통 지속시간이 더 짧아져 이틀을 넘기지 않는다. 가끔은 약 먹고 당일에 괜찮아지기도 한다. 편두통 환자에게 완치란 두통 빈도와 약 먹는 횟수가 줄고, 통증이 약으로 조절되어 생활하는 데 불편함이 없는 것이다. 의식적으로 끼니를 챙기고, 제때 자고, 운동을 하며 시간을 보내자. 그러면 시간은 내 편이 될 것이다.

가치 있는 글을 쓴다는 믿음 그리고 하고 싶은 걸 할 수 있다는 행복. 나는 내게 의미 있는 일을 하고 있다. 아픔의 시간이 이런 결과물로 나올 수 있어 감사한 마음이다. 이 이야기들이 누군가에게 공감과 위로가 된다면 기쁠 것 같다.

김약사의 편두통 일지

1판 1쇄 찍음 2024년 06월 05일
1판 1쇄 펴냄 2024년 06월 10일

지은이 김재희
펴낸이 천경호
종이 월드페이퍼
제작 (주)아트인
펴낸곳 루아크
출판등록 2015년 11월 10일 제2021-000135호
주소 10881 경기도 파주시 회동길 480, 아트팩토리 NJF B동 233호
전화 031.998.6872
팩스 031.5171.3557
이메일 ruachbook@hanmail.net

ISBN 979-11-88296-72-9 03810